紫檀辞章

刘子檀 著

巴蜀书社

图书在版编目（CIP）数据

紫檀辞章/刘子檀著. —成都：巴蜀书社，2018.6
ISBN 978-7-5531-0987-9

Ⅰ.①紫… Ⅱ.①刘… Ⅲ.①中国文学—当代文学
—作品综合集 Ⅳ.①I217.2

中国版本图书馆 CIP 数据核字（2018）第 110497 号

紫檀辞章　　　　　　　　　　　　　　　　　刘子檀　著

责任编辑	肖　静
封面设计	张露丹
出　　版	巴蜀书社
	成都市槐树街2号　邮编 610031
	总编室电话：(028)86259397
网　　址	www.bsbook.com
发　　行	巴蜀书社
	发行科电话：(028)86259422　86259423
经　　销	新华书店
照　　排	四川胜翔数码印务设计有限公司
印　　刷	成都蜀通印务有限责任公司
版　　次	2018 年 6 月第 1 版
印　　次	2018 年 6 月第 1 次印刷
成品尺寸	130mm×185mm
印　　张	11.25
字　　数	150 千
书　　号	ISBN 978-7-5531-0987-9
定　　价	39.00 元

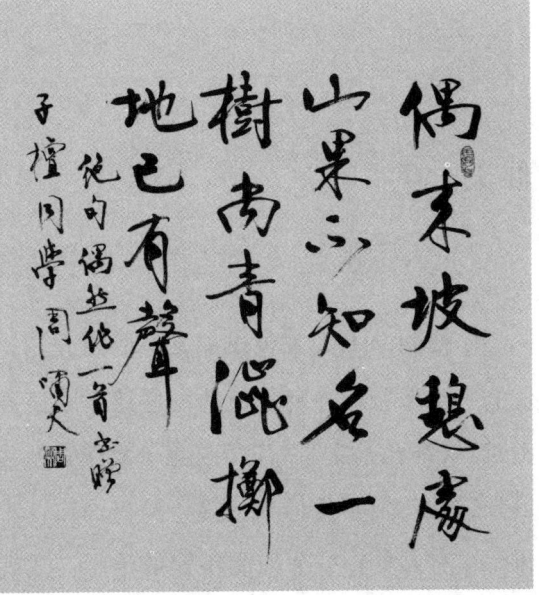

偶来坡麓慰凄凉

山果无知名一

树南青涩掷

地已有声

纯句偶然得一首示晗

子檀同学 周啸天

　　周啸天，号欣托，四川大学教授，中华诗词学会副会长，第六届鲁迅文学奖诗歌奖得主。著有《绝句诗史》《中国分体文学史（诗歌卷）》《历代分类诗词鉴赏》（十二种）《诗词赏析七讲》《诗词创作十日谈》《周啸天谈艺录》《将进茶——周啸天诗词选》《周啸天选集》等，荣获"诗词中国"杰出贡献奖。

仰天一笑

　　子檀同学本人未曾谋面，经朋友介绍，读了他的一些作品，特别是他的一些诗赋，诸如《冠山赋》《祭孔子文》《庄子与惠子寓于馆》等，读后颇感欣然，不觉仰天一笑，随口而出，中华文化后继有人矣！一个如此年轻的学子，竟能够深谙中华文化之大道，并且以极其清晰的脉络、以极其优雅的文笔、以极其精妙的设计、以极其温暖的色彩，架构起自己心中的人文精神世界，这是极其难得的。文化与文学本来是有所同，有所不同的，简单地讲，文化是一种精神，文学是一种力量，而子檀同学的作品里充分体现了精神与力量的较完美的结合。当然，子檀对中国文化的理解大多还是源于一种广泛涉猎之后的体悟，所以，其实践性和深刻性还略显不足，但是，我们不能要求春花一定要展露霜叶的壮美，或许我们就是因为经历太多了，才忽视了那种单纯与洁净中蕴藏着的大美与大爱。总之，孺子可教也，汝辈可寄也，此乃吾辈欣慰之事，也是中华文化之幸事。

李清泉

李清泉，博士，国家行政学院教授，知名文化学者，诗人，长期从事军事战略、战略文化、传统文化、公共管理等多方面教学与研究工作。中央电视台《百家讲坛》主讲人。

一念初心

"世界之大，无奇不有。只要你肯幻想，你就是另一个世界的主人"。

"无"或即空间，"有"或即物质，当有寄托于无之上，我们所认识的世界也就不疾不徐地诞生了。这个世界由无数最基本的颗粒构成，每个颗粒独立存在而又互相影响，就如一个个人。家国天下，乃至本文每一个汉字标点，没有谁能真正将自己孤立。即使尚未有文字，自生命诞生伊始，交流就片刻不曾止息，如同自然界的风，带动着沧海桑田的变迁。一声啸叫，众猴爬上树梢，警惕地上的野兽；一声呼喊，众猴躲进灌木，防备空中的猛禽。蜜蜂以八字舞与圆圈舞传递信息，响尾蛇摇动尾部尾环以表示警告，如此种种，便是大块在千年进程之中留下的字迹。

文字，自然也是一种图像，一笔一划，一道

道或曲或直的线条，在孩童成长期间，生养以成其形状。一个特定的图像，便代表着孩童看到、摸到、嗅到、听到、尝到、或意识到的某样事物，而阅读正是将这些事物拼接起来的产物，能够引导孩童发现其中的联系，从而了解与掌握在世上需要用到的知识与技能。

在现实生活中，我并没有什么法力，可是我可以对手中的笔施魔法，让一个个的文字跃然纸上。童子初心，言辞稚嫩，逸趣横生。思维的自由，带来无尽的思考，说不出的心声，化为文字，一个个图形，便为千年的游戏定下了规则，山即是山，水即是水，名实相应，或是实物，或是概念，排列缠绕，如此，即令猴儿们一闻啸叫呼喊，即知危险将至。

有人说，喜欢写作，是因为喜欢那种排兵布阵的掌控感，让文字在笔下随意排列组合，形成各种不同的形状，代表各种不同的意义。"尽力而为，量力而行"。只有顺着文意去写，才能随心所欲，若是逆着文意，随意编排，"为所欲为"，只能摩人似鬼，描鬼类人，甚至天南海北各色人物抢着共用一副面孔。

诗，是一种奇特出众的文字排列方式，可以赞美一种事物，亦可以表达一种感受。"诗歌用丰富的想象、富有节奏感和韵律美的语言抒发感情。"诗歌重在立意新颖，乃至出奇制胜。作诗不必泥古，不必求新，作前一翻感念，不以文害辞，不以韵害意，自得天然一段风骨。

我是因为快乐而写作，不要把它当成责任和义务。少小时我对自己说，并一直奉为至理——思维一闪而逝，念头杂乱无章，多如牛毛，若是不加记录，顷刻间便会重归虚无缥缈，写作，便是整理并记录自己一闪而逝的灵感，将之去与他人的思维碰撞，像是无形中多出了"两个苹果"，如此惊人的生产力，大概就是我快乐的源泉。

可以说，几乎所有的写作都是从阅读开始的。相应的阅读能使人们接触相应的内容，而写作，便是将所知记录下来，以供读者阅读。阅读促成写作，写作供给阅读。许多孩子自小喜欢阅读，而对写作敬而远之，做个不太恰当的比喻，或许对孩童而言，阅读与写作就像进食与其之后的呕吐，进食很愉悦，呕吐很无味，可意识到进食完全可以消化后，写作便不再是呕吐，而成为了成长与吸收。

"河冰结合，非一日之寒；积土成山，非须臾之作。"所谓坚持与执着，大概就是写作者文字外最强大的武器。以作者为例，日复一日伏案写作，如是数年，虽然没有如愿坐穿木椅，但也没有辜负这不太灵光的思维，纵使它细弱，总算还可以如自然界的一股风般，吹动不息。

行文少一些规矩，多一些规律。规矩是限制人行动的一种虚无的枷锁，规律则是一种合理的安排，让人按照合理有效的方法做正确的事。大自然没有规矩，只有规律。为文也应如此。夫文以载道，道者，本也；文者，末也。正如人们常说的，文无定法。

在写作中寻找快乐，思路像美妙的音乐一样，不断地从脑海里涌出来。只要写作，便有一定的目的，如同爱一样，不管是否发觉，是否了解，是否承认，必定有它的原因。然而，若是带着"目的"去写作，那便只能算是有目的，而不能说有原因了。

人间所有感人的故事，都是由一个字延伸出来的，那个字很简单，就是我们大家总是不屑一顾的——爱，爱总在关键的时刻，才会成为重点，被人们重视。写作，从来不是为了别人——至少我是这么想——却能让读者产生共鸣，一个汉字便是一种感情，当无数种特殊的感情汇聚在一起，便汇集成了一条奔流的河。爱，便是这条河永恒的归宿。"如果要让生命充满爱，你只有用自己的爱去启发更多的爱。"相信有爱的作者，将带给读者有爱的阅读体验。

或许，初心不一定是第一念想到的那个，而是坚持到最后的那个！

刘子檀

2018 年 3 月

目　录

国学趣童蒙

国学初探索

国学共成长

目录

国学趣童蒙

2005—2012幼儿园至小学时期。 儿歌与童诗习作，充满了对大自然的好奇和童真童趣，「读百本书行十里路」，在悦读和行走中，在观察和思考中升华了想象力。

星星

——贺"神州六号"飞船飞天成功

星星　高高升在蓝天里

我们每次看到星星

都像天上的眼睛

又像天上的火油灯

照亮所有的东西

有木头房子还有云层

也照亮我们的祖国

照亮我们的地球

我们的祖国像一颗闪闪的星星

我们的地球像一颗闪闪的星星

注：刘子檀5岁获"少年优秀小诗人"荣誉称号。

月亮

——贺"嫦娥一号"登月计划启动

月亮月亮你好漂亮

你高高升在蓝天里

累不累呀，你要累了

我就给你倒点水

如果你不开口尝尝水

我们全都生气了啊

可是月亮姐姐根本不喝水

我们咧开小嘴巴生气笑了

月亮月亮你好漂亮

你那长长的辫子真漂亮

你辫子长长像一个姑娘

我们每次仰头看见你

你眨着眼睛向我们眯眯笑

我们看见你那么高兴

眼睛里激动地流出了眼泪

国旗　国旗　你真行

国旗　国旗　你真行

你天天在蓝天里飘舞

我们天天想爬上去　跟你一起唱歌

看你那么高　我们怎么爬得上去呢

国旗笑了，对小朋友说

小朋友，我现在有一个主意

你们要是能找一架飞机

飞上来就好了

忽然一只小鸟飞过来

大声喊道　风爷爷风爷爷

风爷爷刮起来巨大风暴刮上来

把我们刮到国旗上　我们变成了国旗上的人

和国旗成了好朋友　天天一起唱歌玩耍

　　注：国庆假期，五周岁生日郯城老家戏作儿歌。

五周岁生日儿歌两首

小鸟歌声唱
大海宽又大，小河瘦又小。
蓝天蓝又蓝，满天多飞鸟。

天空蓝又蓝
天空蓝又蓝，空中飞小鸟。
大地硬又坚，小鱼河里笑。

福瑞贝贝幼儿园元旦联欢会颂歌

之一
一年过去了，新年又来到了

量量看　我高了多少

称称看　我重了多少

比比看　我进步了多少

想想看　离上学的时间还有多少

妈妈呀　我又长大了一岁

进步真不小

之二

一春太阳不出

这里的雪花到处飘舞

我们很想跟她说句话

一个小孩在院子里

射箭　我们说

你为什么要射

天上掉下来的冰呢

如果我是一片小雪花（外二首）

如果我是一片小雪花

我该飘到哪里去呢

我想飘到天上去

看看石头老鹰（幼儿园里的雕塑）

如果我是一片小雪花

我该飘到哪里去呢

我想飘到南方去

我飘到大树上给它盖上被子

如果我是一片小雪花

我该飘到哪里去呢

我飘到广场上

和你们一起玩滑梯、做游戏

然后飘落到郑坤的脸上

（亲亲她就）快乐地融化

附:《如果我是一片小雪花》原诗

如果我是一片小雪花,我该飘到哪里去呢

我飘到大海里,和小鱼小虾做游戏

飘到广场上,堆雪人玩,望着你笑眯眯

我飘到咪咪脸上,亲亲她然后就快乐地融化。

《如果我是一片小雪花》之二

如果我是一片小雪花,我飘落在小狗身上

……圣诞老人看着我笑眯眯从此把我带在

身上

最后什么也不见了拿出来一个小水滴

我再坐着飞车飘到济南去去看看圣诞老人

如果我是一片小雪花，我该飘到哪里去呢

我飘到小花上，和她握握手

我飘到小山上，看看阳光是什么样子

我飘到太阳上，到那里暖和一下。

注：2006年第一场雪，晚饭时睹物入诗。

老师，您好

老师像一桶水　　把我们浇长大

老师像热气球　　把我们升上蓝天

老师像飞机　　　带我们飞到天上

高高的看到远方的山

老师像一座山　　严厉教训学习不好的孩子

老师像空气　　　让我们健康成长自由呼吸

老师像太阳　　　给我们温暖

老师像电风扇　给我们吹吹风

老师像眼睛　　看着我们好好学习

老师像嘴巴　　教育不听话的孩子

老师像风儿　　有时摇摇树枝

给我们带来凉爽

老师像积木　　很有创造力

老师像课桌　　给我们上课带来快乐

老师像圣诞老人给好孩子奖励礼物

老师像明灯　　老师是最好的

给我们带来光明

魔环·第一部·上编

诗歌和咒语

一

幡尔乐部落，齐罗德战魔。

土地多肥沃，天空很寥廓。

不知多灾祸，骑马过斜坡。

不肯把步挪，一心要报国。

二

平安要来到，天晴要快跑。

事事皆平安，勿被魔捉到。

日丽蛙鸣叫，正邪一边翘。

飞翔蓝天中，平安要来到。

三

磨利长剑思绪万千，一魔降落万物昏暗。

寻找战马保卫家园，蹬起长靴看谁勇敢。

西拉米斯组队势坚，爪牙无穷听任强权。

挺起身板幡尔乐安，迎接光明驱赶黑暗。

世界中心火海独占，英勇向前国泰民安。

四

冬季荷叶绿，一心向南去。

征战沙场中，把它造成句。

冬风飘柳絮，勿向暗界屈。

河边柳新装，绿得像块玉。

五

银斗士外裹银袍，一只宝剑震云霄。

雷云日行百万里，东风不过独木桥。

万水千山为他笑，河水因风一边翘。

头盔锃亮放银光，身边随从一队鸟。

六

新年终于来到了，万众欢庆过小桥。

明月映湖空中笑，只让敌人特懊恼。

云飘空中马儿跳，新的一年要来到。

春风拂面不知晓，战得敌人心发毛。

七

敌人哇哇叫，我们心欢笑。

月亮升天高，切勿把路绕。

救援不迟到，落叶风儿扫。

黑暗哇哇吵，新年多美好。

八

花衣鸟呀花衣鸟，部落里面有长矛。

只要见到蝙蝠血，空气细菌全跑掉。

金斗士宝剑出鞘，口中念咒眉毛翘。

所有事物回来了，蝙蝠再也不报到。

九

面对朝阳和曙光，我们的希望多么迷茫。

风雨交加的夜晚，谁在回家的路上。

村头有一堵矮墙，紫荆花散发着芳香。

盼望着和平的模样，鸟儿带着歌声飞向远方。

十

小人族啊小人族，大家要和睦相处。

身虽化为狒奇斯，思乡心切盼团聚。

长着长长大胡须，一日可捉百条鱼。

病毒有时不可怕，心怕不足力有余。

十一

洞中石壁倒，洞内人儿飘。

风来刮不倒，直向洞口跑。

夜晚要涨潮，蝙蝠哇哇叫。

有水有出口，虫子全打倒。

十二

小狗小狗快赶路，前面有蛇拦路途。

牧童弹弓中七寸，小狗一时太疏忽。

一队人马向南去，利剑亮甲乘宝驹。

乱石之中隐客栈，跛脚一马生情趣。

十三

英雄闯天下，父母不归家。

爷爷去世早，空留我守家。

走在大桥下，大雨噼噼啪。

葡萄酒灌醉，青天披云霞。

魔环·第一部·下编

诗歌和咒语

十四

宾尔拉领头，两王子断后。

狒奇斯断头，牛头怪失首。

炸弹放热油，林吉战不休。

到生死关头，水上飘海鸥。

十五

云淡日丽树哭泣，再无鲜花的气息。

火海浓烟罩大地，一步一跌身不移。

风儿吹起淡无奇，只剩满身是烂泥。

空坐席位谈会议，下酒菜中有烧鸡。

十六

林吉筑墙高，自在多逍遥。

可恶狒奇斯，都朝这边跑。

舔嘴小花猫，定将老鼠咬。

吃得真正饱，对着天空笑。

十七

林吉国家两王子，英勇对抗狒奇斯。

大吼一声震乱石，吓得坏蛋变口吃。

林吉国男耕女织，国王清廉又正直。

坚守城门御敌击，击败敌人真欢喜。

十八

林吉呀林吉，有只老母鸡。

清明节夜鸣，端午节嬉戏。

学识贵有疑，别搞身烂泥。

问题必解决，敌人无会议。

空对一碗米，却低声下气。

一点没食欲，只伸根手指。

十九

蓝迪尼善催眠术，王子法术斗巫术。

虚张声势弯弓弩，药物灾难染绿树。

毒药如不尽早除，再没有回天之术。

美丽青山化尘土，小猴不爬无叶树。

魔环·第二部

诗歌和咒语

二十

垃圾河上六鸟飞，河里没有老乌龟。

井水井水涌出来，再不洗手准崩溃。

救星拔剑河护维，清澈河水终又回。

垃圾大王被铲除，大家不用再开会。

二十一

船儿船儿快快来，亲情友情暖胸怀。

小鹿蹦跳多欢快，垃圾之中化尘埃。

双眼含泪葬子埋，念动咒语船底开。

垃圾已满尸不化，自由日子就快来。

二十二

天上飘白云，仙鹤一群群。

整天报喜讯，四面围满人。

军疲战马困，风起涌浪捆。

大伙齐欢笑，夏日不喂蚊。

二十三

今朝赠与礼，昨夜何挂旗。

材料燃烧尽，还有喷火器。

那个喷火器，就在你手里。

看如何掌握，热气球升起。

二十四

弹无虚发境界里，别为小事而生气。

一弹如不中靶心，此时就该你消失。

反弹助我没消失，弱点就在反弹里。

万炼阳光化春泥，对手要和自己比。

二十五

金斗士呀金斗士，勇争第一罗网织。

从来不耍小诡计，光明正大敌哭泣。

大敌当前宝剑依，深山老林吃小米。

敌人遭败很生气，一剑劈个嘴啃泥。

二十六

挖穴得水来，英勇把门开。

要奋战到底，再投身关外。

二十七

风雨走得快，友谊暖胸怀。

今朝失手足，力把饥渴耐。

二十八

巨人族呀巨人族，首领中法切莫哭。

大家一起想办法，不要让那巨石孤。

念起咒语魔法无，巨人再不沦为奴。

一朝失足传千古，声东击西法术护。

二十九

避雨法呀避雨法，落入黑暗坏蛋夸。
曾是古人智结晶，敌人脸上笑开花。
若要破解勿出家，门口生个大甜瓜。
如今病重天雨下，病愈门前披云霞。

三十

若要解危机，勿把情义弃。
奋力战到底，谁也不离弃。
原野藏机器，勿把强风疑。
湿地踩烂泥，无疑特丧气。

三十一

蓝迪尼呀蓝迪尼，清除臭味全靠你。
快快把那法术施，臭气不再密如织。
一心想要救林吉，便要把那臭味弃。
清气法或转移法，随便选择不用急。

魔环·第三部

诗歌和咒语

三十二

千鱼海里出鬼怪，究竟是谁在作怪。

突如其来一座城，切勿把那鱼儿赖。

若要攻下此城来，动作必须特别快。

要想捉出五道士，心中需要充满爱。

三十三

金斗士回家，被老爸误打。

虽山水如画，但人情复杂。

开情义之花，结思乡之瓜。

若要草发芽，归和睦之家。

三十四

非常地想家，可身在天涯。

若在灌木中，便能寻到家。

家中有爸妈，还放心不下。

或在火海中，或在梅峰下。

三十五

意念咒语虽厉害，遍寻豪杰情义开。

受义所缠身难去，打遍群山恶魔怪。

西拉米斯爪牙坏，速战速决心中快。

小人族们不见外，男儿有泪必掩埋。

三十六

变形咒呀变形咒，千年必论它最臭。

变好变坏不一定，蜘蛛变成一头牛。

西拉米斯多走狗，助纣为虐施魔咒。

国王突变破鞋片，身体扁平有大头。

三十七

个小不怕变个大，千万儿女是一家。

集结一起身不小，必与巨人处融洽。

河边蹦出大青蛙，整天就会呱呱呱。

巨人中间学画画，要求必须个头大。

三十八

七手八眼怪变小，若被发现鸟儿叫。

西拉米斯特高傲，望见此景必欢笑。

三十九

一轮明月天空照，刀刃猛劈独木桥。

两行彩云铺苍天，断裂木桥立对鸟。

时间马车

看暗夜幽光，望日月疯狂。

转眼又一世，人生几何长！

雪花舞的征途

望前路，

茫茫征途，

大丈夫，

怎惧猛虎！

看夜幕，

迈凌云步，

参天树，

含辛茹苦，

传千古，

绝不辜负！

腊月初，

一决胜负，

白雪处，

初生牛犊，

随风舞，

永不孤独！

知足便是福

……

注：选自刘子檀 11 岁童话《魔环》（七部）

题《宇宙王》之构思

天赐良机与我家，青蛙欢叫顶呱呱。
一夜之间灵泉涌，宇宙能量无穷大。

题《水果总动员》

好汉英勇斩双魔，维护和平心胸阔。
百鸟同唱幸福曲，光明大道齐探索。

题《圣兽战队》

金木水火土，不受暗界奴。
合体光明号，猎豹王相助。
英勇六战士，历尽世间苦。
神圣六兵器，正义不会输。

题《棋界天平》（上部）

棋界天平力无穷，称平棋界四方兄。

宇宙之大谁探索，合力抗战显神勇。

题《狼族兄弟》及构思

七兄弟战魔，夜寻人诉说。

法术斗巫术，妖魔进大锁。

七狼冲锋第一线，除恶扬善终不眠。

水深火热降魔者，警觉矫健男子汉。

《双刃剑》

长剑穿透镜子，

气流划过身体，

满地碎玻璃，

没什么好商议，

消灭了仇敌，

也害了自己！

《狼的独白》

——狼的抗议书

我是一匹北方来的狼

不是只披着狼皮的羊

尖牙利爪的用场

奋战奔跑田野上

是狼就要强壮

心地也善良

不当大白虎

乱闯景阳冈

我是一匹北方来的狼

杀敌英勇是我的强项

大口撕肉的模样

狼群全部笑断肠

是狼就要豪爽

心中有锦囊

不做小黄狗

见人汪汪汪

我是一匹北方来的狼

失败让我变得更坚强

每天升起的太阳

为我洗去那悲伤

是狼就要刚阳

心里必光亮

不成哭泣者

来日再当王

我是一匹北方来的狼

自由自在是我的向往

独自走过的地方

都是折断的猎枪

是狼就要反抗

心花变芬芳

不像烂泥巴

终生扶着墙

我是一匹北方来的狼

……

狼翼心飞

狼翼心飞，

像深深潭水，

伤痛中的安慰，

谁说微笑就是罪，

世上最大的智慧，

甘愿去吃亏，

泪光中的蔷薇。

狼翼心飞，

坚持不下坠，

谎言终归成灰，

唯有认真不知累，

真君子成人之美，

一生也无悔，

那独秀的寒梅，

……

宇宙的威严

谁敢藐视，

宇宙的威严，

梦想实现，

就在一瞬间！

做个试验，

轻轻闭上眼，

在下一秒，

也许你会看见，

湛蓝的天，

波光粼粼的海面，

不管再危险，

我们勇敢向前，

你平静的脸。

借问苍天，
谁在宇宙的终点，
又是谁在牵线，
世界的锁链。

在池塘边，
水鸟在练剑，
风度翩翩，
究竟谁苦谁甜？

在那一年，
花不再鲜艳，
宇宙战火连绵，
四处起黑烟。

宇宙威严，
阻止其蔓延，
世上所有的苦难，
统统尝个遍。

永久的思念

······

题《宇宙王》主题歌

（宇宙王独白）

勇士们，冲呀，前往下一个星球！

抬头仰望，

缺失的月亮，

汹涌澎湃的海洋，

冲刷着，

地球的脸庞。

谁是霸王，

不懂得忍让，

军民齐嚷，

京城的中央。

永世不忘，

当初的迷茫，

星球来往，

战征谁不受伤？

胜者兴旺，

败者灭亡，

成败依然是方向，

江山安然无恙。

谁来饲养，

圈里的绵羊，

湖心荡漾，

成群的鸳鸯，

守着渔网，

肥沃的土壤，

岸边大片的白杨。

敢做敢当，

心里的锦囊，

宇宙坚实臂膀，

守在你身旁。

百花的芳香——

……

题《镭男孩》——六六班的故事

六年同学情，千言道不清。

笔下吐心声，书香飘满城。

题《轮回天翼》

——童忆，本该平淡无奇；天翼，却是那
么的神秘。每当翻开这本日记，能发现细微瑕疵，
而敢于忘却的人，才是真正厉害的。

心是力量，

悟出三米金光，

天罡地煞，

不过是短暂锋芒。

脑是方向，

不依靠外界能量，

豪奢华贵，

得不来半点霞光。

从前过往，

要善用其芬芳，

后悔不迭，

唯可使你迷茫。

平静俯望

挫折带来的感伤，

千人万人，

无法保驾护航。

牛

崖边仙草味道好，老牛生来无烦恼。

自由自在厚皮袄，不在江边跳舞蹈。

猪

肥胖体形似皮球，不爱运动满身肉。

看见菜刀直发抖，只知活到天尽头。

猫

夜深双眸似明灯，全心捉鼠到三更。

白日做梦称作懒，天晚捉鼠补体能。

梦想泉源

——题五年级语文第17课《梦想泉》

瑞恩善心解旱灾，非洲儿童得关爱。

群众饮食梦想泉，愉悦人民步伐快。

尾气

废气吸入人体内，毒性散发头不回。
干干净净空气卫，开车之人心惭愧。

注：题 2011 临沂创建国家卫生城市，呼吁少
开车减少尾气排放。

垃圾的家

小小垃圾也有家，家里有爸也有妈。
如此祥和一个家，垃圾宝宝不回那。

注：题 2011 临沂创建国家卫生城市，呼吁请
不要乱扔垃圾害人害己。

春之诗

春日云间鸟，飞在半山腰。
姑娘们来到，对着蓝天笑。

题春夏秋冬（四首）

春

春天彩云浮，从来不孤独。
飞过几只鸟，归巢奔上树。

夏

夏日太阳照，鸟儿脱衣袄。
飞上彩虹桥，知了树上叫。

秋

秋天果实香，万里美名扬。
若论谁金黄，绝对小麦行。

冬

冬天堆雪人，推着雪球滚。

大雪多缤纷，转动定乾坤。

清明节·坟

土堆含情重似山，人心一齐孝为先。

先人已去身不还，后人敬仰犹如天。

注：原载 2011.4.10《沂蒙晚报》。

老人
——题五年级语文第 16 课《桥》

老汉面前洪水飞，几方之人去又回。

先人后己为人群，拥挤民众多羞愧。

鱼钩·老班长

——题五年级语文第 15 课《金色的鱼钩》

炊事班长做事忙，皮包骨头寻水塘。

体力不支卧池旁，心含愧窘去天堂。

胸怀大志软心肠，忠于革命身飘香。

鱼儿跃出池水面，舍己为人美名扬。

题《空城计》

孔明智退司马懿，此人生来很多疑。

西城空空张声势，神人巧施空城计。

雪人

源于一个小故事，一个小孩堆雪人，每当看到有人堆了一个雪人时，他就再堆起两个雪人作伴，大人问他为什么要堆三个雪人在一起呢，小孩说，两个加一个才是一家人呀，所以以后堆雪人时都堆三个在一起。

天降瑞雪过缤纷，冬日戏冰闹雪人。
飞鸟忽落三堆雪，夕阳之下一家亲。

桥

桥间百鸟飞高潮，两旁岸边树枝摇。
桥洞响水哗哗流，风儿爷爷胡子翘。

春

　　春风吹绿树梢间，云叶一体青草显。

　　动物迁移鸟离巢，阴阳初春湖月暗。

题《毛泽东在花山》两首

　　天潮雨悠悠，闷雷风嗖嗖。

　　大家都喜爱，主席可真牛。

　　小米加步枪，打败"文盲"皇。

　　山坡上放羊，不把名声抢。

题父母结婚十一周年

　　夫妻情感似海浪，唇枪舌剑堵浪墙。

　　游云离崖百丈高，一日闻见紫荆香。

咏秋诗四首

一

落花惊雏鸟，欲飞正啼叫。
羽翼待成双，身微心不小。

二

风起云桥隐苍穹，好似神仙拉满弓。
今日严寒何时暖，早把美景记心中。

三

不觉树身披黄衣，沧桑岁月纹理记。
林中秀竹望灰天，窗外微风舞寒意。

四

读书不觉竟忘记，谁不知你求知痴。
复恐三更睡不着，特写此诗赞情谊。

注：题赠父亲温州行，闻雁荡山大龙湫瀑布缺水——"何处寻水去，瀑布钓大鱼。"

咏柏诗（三首）

一

芳草万里生枝芽，双干升天碧玉花。

无痕岁月了心桩，张口咆哮震云霞。

二

春芽万生指天高，秋月赏景在碧霄。

叶茂荫亭蔽暑炎，扶孤助残寒雪飘。

三

鸟儿飞梢枝头叫，双人立足永不倒。

虽非橄榄吉祥物，却是福寿伴年高。

忆江南·桧柏风

桧柏好，碧玉披树梢，风吹鸟儿来筑巢，

雨打枝头不知晓，拥入桧柏抱！

桧柏美，鸟儿枝头叫，鸣声赛过金铜铃，

风中柏树呵呵笑，鸣扬桧柏好！

桧柏妙，病人开口笑，遥望桧柏多妙手，
笑颜大开回春早，还是健康好！
附：诗人特级教师刘行和子檀咏柏诗
世人初诞学咿呀，继向枝头绽芳华。
愿如松柏耐风雪，直上青天披云霞。

梅花图

一朵梅花连海峡，祖父生来爱梅花。
改变国籍不忘梅，昨日春卷梅风下。

题骑车上学
——小学三年级独自骑自行车上学

骑车上学校，风水一头翘。
骑着单车跑，喜鹊枝头叫。

钓鱼

题课文《钓鱼的启示》

某日钓得一鲈鱼，此时得来百方趣。

道德面前非抉择，帮人助己冬叶绿。

萤火虫

夜间挂灯小精灵，芳草鲜花顺其行。

东方发白无处见，可等夜间星月明。

银杏

郯城银杏臭，天晴踢足球。

方圆五百里，去皮见白头。

开膛食皮肉，油香浸满口。

说臭实不臭，白果美名留。

风

风动桧柏摇，鸟雀喳喳叫。

云飘风相助，今日她在笑。

风吹马儿跳，明日风光好。

响声鸣华夏，风车把电造。

信任

——题五年级语文第 16 课《珍珠鸟》

人鸟相依流入笔，相距较远鸟飞息。

雏儿飞近巢边物，信赖造就境勿凄。

汉字

——题课文《我爱你，中国的汉字》

似山云海可略详，字谜成语非细讲。

森林花草多欢畅，爬山虎叶上土墙。

题《地震中的父与子》两首

家是什么

一栋大楼或平房，只唯住处歇脚床。

天空翔鸟满云霄，避水堤边遮风墙。

永远在一起

父子相聚一片情，万千灾民一条心。

无论变化何险处，拥抱幸福以显明。

"国旗下的讲话"附诗两首

草树花

我家的红叶树，让我痴迷了，我熟悉玉兰的洁净，更知道松柏的正直。草木和土地相互映衬，便会染绿千山万水，草树和花交起了朋友，就可以把大自然变的更美。

我家红叶树，送入乾坤蓝。

我谙玉兰洁，更识松柏颜。

土丛草相映，染绿数万山。

草树花相交，美化大自然。

水

一缕青烟已经污染了水源，它把我们带到河边，只见万沙飞滚，让黄河水变浑浊，所以保护水源绝对不能放弃，数管其下就能保证平安了。

一缕青烟通河边，万沙飞滚黄河滩。

保护水源不放弃，数管齐下保平安。

黑板题诗两首

鸟

在天空的白云之间，一群鸟中有一只离群的孤雁，像是很悠闲，在寂寞之余欣赏着花色，突然展翅飞走再也找不到了。

天空一朵白云间，群鸟独一孤若闲。

寂寞之余赏花景，一走了之无寻见。

云

忽然看见空中一朵白云，很像象鼻子，很长很长，我还以为是神仙抬笔写的字呢。不知身在己家中，却悟已在白云间。由于太过入迷，我忘记了自己还在家中，却认为自己已经变成鸟在白云间飞翔了。

突见空中象鼻长，疑是神仙去书房。

大笔一挥写春秋，日月如梭画阴阳。

滨河踏青（六首）

车

万里白云莫追风，地上甲虫到处游。

速度赛过金钱豹，大雨来临不用愁。

河

一夜之间风雨到，水涨船高报春晓。

玉兰开遍千万里，水鸟鱼虾齐欢笑。

林

松柏直立犹如钟，杨柳飘飘上妆忙。

正愁家中过悠闲，林中散步解心慌。

桥之灯

车流滚滚桥上跑，彩灯夜空多美妙。

灯盏轮廓更清晰，风雨打浪永不摇。

楼

水往回流偶相遇，走近细察楼房高。

想是我正倒立观，相映成趣风光好。

金银花

几杆枯枝娇嫩花，生在堤边不动摇。

甘冒风雨护陡坡，献花防水立功劳。

夜游滨河大道（五首）

水

微波荡漾鱼虾多，河畔垂柳密如林。

今日水源落红尘，雨中静岛无物存。

蛙

四肢灵巧健步走，两腮鼓鼓内气足。

长舌一伸卷蚊虫，唯有双目瞪如初。

塔

层层重叠一复一，天王之物落人间。

黑暗气氛浑不怕，灯火通明万家欢。

柳

路边垂柳莫低头，晚风吹过舞蹈秀。

长发飘飘枝干壮，轻盈稳重二重奏。

珠雀——题铜朱雀台

铜头铁臂显神威，风吹雨打纹不摇

无声无息论春秋，寒来暑往仰天啸。

颂"六一"儿童节

六一好，歌声直冲天，童声震山哄哄响，白鹭升天阵阵鸣，能不赞六一？

六一美，青松指蓝天，书声朗朗浪里摇，百花吐艳更妖娆，更应扬六一。

六一妙，黄莺枝头叫，主持节目欢乐颂，初夏人流密如织，才到将六一。

春游组诗（六首）

蚂蚁

一身硬甲两根须，寻到猎物集攻取。

齐心协力斗顽敌，风吹雨打抱团聚。

月

车轮烧饼挂空中，飞马仙鹿转团秀。

时圆时缺无人测，疑是云母宇中游。

天

日月星辰挂满帘，星光闪烁密如织。

阳光明媚照大地，雷公电母显神力。

地

桃花水色映满天，四季常春立青松。

百花齐放多美丽，姹紫嫣红续史情。

夜

深夜无人讲春秋，万花收枝稳身中。

唯见路旁两点亮，原是一车放灯行。

雨

月明人静闹哄哄，数万导弹平川积。

无知童儿未解迷，唯见细雨密如织。

晚游滨河大道（两首）

夕阳
一轮红日挂空中，鸟儿归巢立枝头。
白云浪里红灯笼，飞入九天无来由。

燕子
黑黑身子如刺客，却是护花之使者。
尾巴裁出飘杨柳，双翼碧天飞分别。

夏日滨河大道组诗（六首）

毛毛草
千里逢生根连根，四处游荡辛不推。
根埋地下三千尺，化作尘埃沃土肥。

小蚂蚁
大力神手小个头，万众出动搬救兵。
齐心协力斗恶敌，耐苦耐劳真英勇。

蜻蜓

明亮眼睛细细腰，翅膀振动入云霄。

飞来飞去小英雄，为民除害斩魔妖。

池中鱼

日照鱼鳞辉映天，无数游鱼水中戏。

明月高照悄悄语，不时漂动眼不移。

战斗机

高新科技斗万敌，拯救人类大英才。

战斗实用又简便，宏图伟业全平太。

石鱼

一身金甲内外坚，口似血盆眼如珠。

口喷洪水威力猛，刀枪不入网不住。

暑游滨河大道组诗（三首）

雨中荷

虾兵蟹将根下聚，无边甘露尽欢笑。

亭亭玉立雨中歇，芽苞初放更嫩娇。

石洞

小小一石洞，载纳亿万久。

风吹不动色，雷劈不摇身。

蚂蚁筑巢息，蜘蛛结网行。

千年大洞口，水滴石穿功。

缝生草

似菜不是菜，无人敢来采。

大水冲不散，辉扬千年爱。

立秋游滨河大道（四首）

蟹

从来藏头不露面，钢甲铁钳水中戏。
夏天躲在巨石底，甘当溪流小卫士。

虾

长须尖角层层甲，身似弯弓状如侠。
细皮嫩肉坚甲护，长尾一甩笑哈哈。

鱼

鳞甲放光映水天，扇尾摇摆游得欢。
身如利箭目似珠，射穿日月终不眠。

娃娃鱼

双目瞪圆哇哇叫，从早到晚不睡觉。
样子虽然受怜爱，血盆把你也吃掉。

秋日河滨探险（十一首）

秋之河

秋日百花相继枯，黄叶一片唯枫树。

碧水连天鱼虾跑，双鸭戏水星云无。

草上石

草上许多小顽石，翻来覆去无人拾。

风吹雨淋不摆动，时而招来一脚踢。

蜘蛛

八足之虫爬树梢，结网捕食吃得饱。

蚊虫虽可胜狮王，落入蛛网无处逃。

斑马雕塑

黑白相间花纹美，万匹骏马有人陪。

虽像熊猫又似马，颈后长毛把脖围。

石鱼

三块巨石形如鱼，鳄鱼鲨鱼和章鱼。

鳄鲨张口在捕食，唯章挥鞭身姿愚。

蚂蚱母子

子伏母背甜甜睡，负重爬行衣衫翠。

年寿不长危扶子，天边风吹秋月催。

红叶

火叶秋时寒风吹，红袍保暖不吃亏。

火红一片表丹心，焚烧烈火燃成灰。

松针

松叶似针多葱郁，久穿青袍满身玉。

秋笔染黄百家树，唯其长青四季绿。

乌鸦

黑衣行者门前鸣，一双大眼来照明。

不同喜鹊讲好事，信口开河蔑神灵。

顽石

乱石堆起一山高，树藤草叶攀顶梢。

内部空洞如走廊，蚁蜂动物来筑巢。

《呼吁环保——受害者的呻吟》

路旁青草芳，街边百花艳。

一尘不染树，风埃全玷污。

大家要环保，污染全扫除。

水清多洁净，何乐不为乎。

秋游滨河大道（七首）

花塔

万花爬高日下俏，支架满层顶云飘。

云日升起雾朦胧，芳草环绕众人笑。

蜘蛛

百层蛛丝方格绕，中心稳坐蜘蛛笑。

鱼花相伴捕蚊虫，躺入花篮风儿摇。

护栏

铜头铁臂谦不骄，风吹雨淋忧愁消。

侧向远观似锉刀，时刻提防险境傲。

高楼

胖瘦不同比天高，玻璃映日比闪耀。

千疮百孔肚里空，巨大扫帚把地扫。

红云

无边云卷血脉浪，横冲直下似海狂。

红云翻滚时起落，风飘云散天苍茫。

奶牛

黑白铁角产奶忙，阴阳云日百方将。

出生牛犊凑身下，滋润心灵又营养。

蜗牛

伸长触角向前走，家分层次包皮肉。

午睡爬上高墙畔，遭遇强敌忙缩头。

题赞父母

母亲

一轮红日天空照，慈母深情在闪耀。

日出而作落不息，不与丽物抢俊俏。

父亲

月光如水湖中笑，暖语贴心情质好。

脑力智感何为求，父爱如云在碧霄。

题赞白衣天使

医生赞

火烧眉毛无良药，病情危急把愁消。

抢救之时为先锋，妙手回春将疾扫。

护士赞

白衣天使持针注，找准要害把病除。

微笑服务勤引导，和蔼可亲病魔输。

题陈社玉诗集《母鸡打鸣》

公鸡下蛋

下蛋不仅母鸡佣，千年奇闻公鸡兄。

唯此一雄不打鸣，若比下蛋力无穷。

母鸡打鸣

喉咙关卡嗓门大，和睦相处境融洽。

打鸣非独公鸡属，云日立与当空下。

题考场（外一首）

考场中人脖子长，摇头摆尾去张扬。

成绩实是假成绩，兴风作浪挡风墙。

松柏一枝

松柏合体根相连，松枝长刺冲在前。
欲要拔刺留纪念，青绿旧衣入眼帘。

月亮

镰刀圆饼挂空中，时似摇篮浪里冲。
群星围绕赏花草，夜晚光明日辉映。

地球

圆身蓝体天地傲，日夜滚动宇宙笑。
星宿相间何聚散，建立人间爱之桥。

国旗

迎风傲立沐朝阳，春光明媚齐飘扬。
祛病降魔万众仰，秋收号角展冬强。

四季

春美燕飞空，夏丽叶鸣蝉。
金秋遍地滚，银冬人心暖。

未雪

雪季未来临，黄叶飞林中。
金秋黄如地，白冬清于云。
云地和一同，美如四季风。
秋冬如一鸟，春夏美如燕。
望冬何处来，大雾似风起。
从春到冬美，早晚心放安。

注：原载 2008.12.13《沂蒙晚报》

踏雪银杏公园

寒冬雪绵绵，天上飞雪飘。

地白银杏园，雪中人影倒。

天空

　　天空有小鸟，整日喳喳乱叫。衔来一片彩云，织成美丽的衣袄。

　　捉来一条小鱼，喂饱了馋嘴的雏鸟。

　　天空有花种，扮成降落伞兵。吹来一阵暖风，爬上了长长的木桥。

　　人们又来一脚，飞上了天空的"街道"（云彩）。

　　天空有"街道"，仙人几次来到。

　　三次来往开会，论出了水中有海龟。

　　飘来几片祥云，云层下冒出了小脚。

　　天空中有千万种云飘，还有仙人多么逍遥……

真诚对待朋友

临沂三小毕业了。六年啊，一晃而过，似乎只是一场梦。中学大学，转眼也将飞逝，而我，在命运中徘徊着。六年，曾在一起学习的同伴们，像蒲公英的种子，各自随风飘散到属于自己的远方，六年，曾在一起嬉闹的伙伴们，像大江里的鱼儿，各自顺水游向属于自己的天堂。

昨晚我做了一个梦，梦到了小学六年和我一起学习的同学们，在梦中，我哭成了泪人。这六年过去，再过十年，学习生涯结束，走在大街小巷里，我还能找到几个旧相识？再到"白发三千丈"，又有几个能同我坐在树荫下，聊聊小学的往事？

朋友们，我们将来还要认识许许多多的朋友，虽然不知道是好是坏，但都要珍惜，朋友不是儿时拿在手里的玩具，和朋友一起并不是戏弄玩具人偶！珍惜你的朋友，珍惜你和朋友在一起的时间！

除了在一个个教室里，在生活中也会有形形

色色的朋友，我们往往认为他们无关紧要。如果是邻居，每天也就帮别人点小忙。如果是不常见面的朋友，最多也就是见面打打招呼。如果是商业上的朋友，你可能为了生意，在他面前变得虚伪。那么，从此要对你的朋友真诚些。

虽然有点儿舍不得，但是，时间马车不会因此而停留，该走的终究还是要走，该来的还是要来，谁也没办法改变。在此，我要对陪伴了我六年的同学和老师，说声——谢谢！

丰收临沂十二中

小学和中学就像一条大河的两岸，军训就如一艘小船载着我们。

轻舟荡漾，帆桨若飞，不知不觉间，我们就把自己渡到了对岸。有人在途中收获了友情；有人在途中得到了锻炼；还有人只顾敷衍了事，最后当别人收获颇丰的时候，自己的身边，还只是空空如也。

每个人都有自己的追求，为了更上一层楼，

我们的目光也变得敏锐。军训接近尾声，老师推荐爱好写作的我参加了山东省青少年科普动漫剧本创作大赛。我抱着试试看的心态，抓住机会投了稿，没想到竟获得了第二名，遇见这开门见喜的好事，谁不高兴呢！

校园里的课余活动丰富多彩，让我一下子从愚笨的毛毛虫变成了轻盈的蝴蝶，虽然我这个童话剧社的社长看似徒有虚名，活动也没举办几次，但我们更多的是经历并享受了过程。在和其他社团交流中我不仅长了见识，还渐渐能够遇事不慌，敢于发表自己的见解。

一年中，我收获了构思"一箩筐"，还利用课余时间和寒假，完成了长篇童话《轮回天翼》，又是一个丰收的年头。我还喜欢读书，尤其爱读像牛肉干一样，越嚼越有味的长篇文言文故事，这是一种奇特的滋养，掌握了一定的技巧后，读书就势如破竹。书让我忘记了疲劳，一门心思钻研进去，其乐无穷。

七年级，让我印象最深的还是两件事，一是有幸得到兰山区教育局边存金副局长指导，另一件就是光荣的成为"名生大讲堂"的首讲人，分享了我的读书、游历、创作的生活体验。

在与作家边存金老师的交谈中，我发现，边老师的身上，似乎有某种魔力，让人感觉不到紧张，他的一举一动中体现出一种特有的魄力，睿智又不乏机敏，威严又不失幽默，总能让人惊讶于他超人的文采、观察力和想象力。边老师指导我，多多亲近自然，在自然中寻找灵感，也要像个侦探，从细微处成大事。边老师的教诲让我重新审视了自己，受益匪浅，我平时往往只注意大体而忘了细节，最后就败在一个个细节上。

"第一个"这个位置，让我有巨大的发挥空间，但也让我没有一点儿经验教训可寻。日期一点点逼进，我的心里一点儿底都没有，不过，最后我还是挺了过来。虽然内容有些空洞，我的声音也有些沙哑，但是，欣慰的是，仍有那么多同学和老师，能耐着性子听，这是我没有想到的，谢谢大家的支持！

小学的彼岸离我们远去，未来的旅程，你准备好了吗？

初中开学写给三年后的自己

　　三年过去，你已经要迈向高中了。还记得小学六年的那些伙伴吗？还记得初中三年的光辉岁月吗？这都是你走过的路，今后，你还要展开翅膀，向着一望无际的蓝天，向着宽广无垠的海洋，向青春和梦想，尽情翱翔。擦干眼泪，告别朋友。要知道，每一个结束，都意味着一个新的开始。命运掌握在自己手中，我相信，你一定能成功！

　　在这三年里，你一定有很多烦恼，我想，你还在用文字书写你的心灵。小学写的 10 多本书，不会让你满足，你会再创作出更优秀的作品，逐步完成当作家的愿望。对了，我想童话剧社一定很有意思，自编自导自演，让观众眉开眼笑，让自己倍感鼓舞，还能缓解压力，放松心情，真是一石三鸟，妙趣横生。

　　我很想问问，面对"三多一少"的情况，你会怎么处理？让我来猜猜，是定一个计划，自己安排时间呢，还是游手好闲，得过且过？我想应

国
学
趣
童
蒙

○73

该是前者吧。

别笑我无知，我只是好奇，以后的生活，你打算怎么办？这我就不猜了，等你的答复，也许你的回信可以告诉我你的想法。

六年的小学生活，眨眼间，变成了一幅幅画面。三年的初中时光，转瞬间，也成为了一个个故事。

过去的就过去了，未来的还在远处，把握现在就可以离成功更近一步。

别管那些尘封的过去，从一个目标出发，到下一个目标，再下一个，再下一个，直到永远。只要开始了就不会晚，人不可能一口吃个胖子，稳扎稳打，跑得快，还要跑得稳。

有了起点，并不意味着就有了终点，学无止境，在世上要学的东西还多着呢，有了一点儿小成绩就骄傲自满，止步不前的人，是最可笑，也是最可悲的，千万要记住！

有人说，每个孩子的名字都饱含了父母的一份爱和期望。老家郯城的父母给我起名刘子檀（笔名紫檀），子檀又为郯子谐音，紫檀木为木中之王，檀者，布施也，助人为乐之意。父母希望我像一棵高大的紫檀树，能抵挡得住风霜雨雪，并有力量为他人遮风挡雨。

向着前方，向着明天，向着梦想，向着希望，向着黎明的曙光，前进吧，加油！

成长需要失败

每个人的一生中都会经历失败，或多或少，或大或小，那些都不重要，重要的是从失败中汲取经验，微笑着继续走下去。

就拿我和爸爸在北京的那次经历来说吧，由于北京返回临沂是第二天清早的火车，所以我们决定连夜多看看北京夜景，参观过中国人民大学等几个地方后，乘末班地铁来到天安门，准备在天安门广场等待观看升国旗。

凌晨一点多的时候，我带的水喝光了，口渴难耐，便到天安门附近，到处找卖水的地方和整夜不休的小吃店，结果一无所获。路上又问了两位夜间施工的工人，他们一听我们要半夜买水，捧腹大笑。不仅没有成功，还被人嘲弄一通，真是丢尽了脸。

　　在从天安门返回火车站的途中，我们决定再来一次"化缘"——寻水。刚开始还有些不好意思，走过几家大楼，我都不敢进去，后来在一家银行总部大楼前，我终于鼓足勇气走了进去，来到柜台前说："叔叔，请问这里有水吗？"

　　值班的叔叔吓了一跳，还不知道我要干什么，便直接告诉我没有，我不便多说，就走了出来。不远处又是几家气派的大楼，我决定再去碰碰运气，结果还是吃了个闭门羹。其中有两家，那里虽然有水，但都是滚烫的热水，无法用塑料瓶装，又没有杯子喝，我只好一次次由希望变成失望。

　　连续几次的失败，让我不禁有些灰心丧气。可在爸爸的鼓励下，我还是鼓起勇气继续寻水。

　　功夫不负有心人，这有水的地方还真叫我给找到了，那里是一个五星级大酒店，我这次长了个心眼儿，一走进去，就对柜台的阿姨说道："阿姨，请问这里有水吗？我们是来这里的游客，半夜里买不到水，只好来你这里找找。"

　　那阿姨就让我跟着一个叔叔去装水，饮水机那里光线很暗，那位可敬的叔叔就用手机帮我照明，我们聊得很投机，他问我的年龄和年级，我一一作了回应，他对我的胆量十分惊奇。

就这样，我们的嗓子终于久旱逢雨，那水简直比琼浆玉液还可口，比蜜还甜！

唯智者自得利
——观影《Three ldiots》有感

观赏完印度影片 *Three ldiots*，我的心情极为复杂，不知该感动还是该感慨，原来人世间可以有那么多的真善美。

影片中有五种最鲜明的形象。

第一种——乐观、冷静、睿智、敢于突破常规，敢作敢当，不求功名利禄，学习纯粹是为了填补自己内心被愚昧占领的空缺，用所学知识造福他人，善于发现并解决问题，乐于助人的全能高大形象。

第二种——容易被愤怒支配，认死理，善于施加压力，只是不懂得能放能收，往往不知不觉中让别人陷入爬不出的困境，让他改变观点极为不易，但只要他意识到自己确实错了，就敢于承认，勇于改正的严师形象。

第三种——是心无旁骛，明明热衷于其他事业却没有勇气承认，默默走着父母为自己准备好的路，最后明白了自己的方向后又勇于追逐的浪子形象。

第四种——是生于贫困之家，因为害怕而奋斗，利欲熏心，连热爱的职业也被这种情绪打压得失去了光辉，但经历了挫折后能重新站起来的人的形象。

第五种——是死记硬背，不懂随机应变型，他们永远按照正规的套路一步步走，不懂变通和出奇制胜，所以常受人愚弄。

我印象最深的情节就是最后亮出"兰彻"身份的时候，作家的手法令我大感惊喜，没想到一个看起来平淡无奇的谜下面竟然隐藏着这样的惊涛骇浪。先用闻声不见人的方法渲染出科学家"冯苏王杜"诸般成就，在人们心中树立下一个伟大的形象，然后突然在末尾告诉你，那位智计百出的"兰彻"就是科学家"冯苏王杜"，让人眼前一亮。正如"冯苏王杜"的那句"你不追逐成功，成功自会追着你跑。"

我们老是把成功当成梦想，而把知识——或者直接说文凭——当成垫脚石的话，就无法领悟知识的真谛，俗话说："师傅领进门，修行在个人。"要一窥知识的圣殿，还需要把一切都看穿的睿智眼光，以及把知识当成乐趣并转化为自己的智慧的平常心。

我们全能的"兰彻"也是个苦命的孩子，但无论身处什么样的环境，哪怕用着别人的名字，甚至以第一名毕业了，最后连文凭都是别人的，也毫不气馁，无所欲亦无所求，潜心研究，自然会开拓出一番自己的新天地。

让我们以积极的心态迎接新生活吧！做智者，自得利！

童心

——听作家汤素兰讲座有感

2012 年 7 月 22 日早，著名童话作家汤素兰教授的一席讲座让我思考了好多问题，我曾经听说过一个故事，说的是人越大想象力越缺乏。一个小小的圆圈，大人们通常说那是"零"或是英文字母"O"，而孩子们却会有许多千奇百怪的想法。

为什么会普遍出现这种现象呢？除了天生的缺乏，还有一个关键原因，那就是人为的扼杀！儿时总盼望快点长大，到真的长大了，却又每天想着返老还童。孩子们整天听着家长们传输来的标准答案，谁还会有心思去想象，要放飞梦的翅膀，又怎能在笼中坐等机遇上门？

很多人不明白，自己为什么那么缺乏想象力？其实，想象力是孩子们特有的法宝，孩子们如果能善用这件法宝，他就会像聚宝盆一样，里面的东西源源不断地涌出来，取之不尽用之不竭。然而他们的想象力却往往是十分脆弱的，像在风中摇曳的小花，既美丽又娇弱，受不了风霜雨雪的摧残，保持一颗童心谈何容易！再加上家长们急于求成，望子成龙望女成凤，往往忽略了这一点，用繁琐的题海战术把孩子的时间消耗掉，不给他们想象的空间，只要孩子发挥他们的想象力，就被认为是异想天开，节外生枝，马上挥起大斧，仗着人高马大，不由分说，毫不留情地砍掉，只留主干独自向上长，但这样的光杆司令，能有充足的想象力吗？

"为什么我的想象力那么缺乏？"如果家长们一直不醒悟，那么身边的孩子长大后，可能也会像这样问他自己。想象力的来源是好奇心，孩子更要多观察，多思考。有些人可能会觉得孩子太小，不懂思考，那么请记住，万事有进才有出，孩子的想象力再丰富，如果平日不仔细观察这个世界，想象力的源头也会枯竭，只有观察了，才有好奇心，有了好奇心，才能施展想象力。想象力像钢笔里的墨水，用完了不及时补充，就会写不出字来。但如果你不肯让你的笔抽出时间来补充墨水，那么它只能空着了。孩子们的另一个法宝，就是他们万能的嘴巴，这件法宝在咿呀学语时，就唱出了生命的韵律，在刚会说话时，就道出了想象的乐趣，化不可能为可能，一切的一切都会发生，孩子们喜欢这种不拘一格的乐趣。

每天遇到烦心的事儿，你会如何处理？是大发雷霆，还是心平气和？在你大发雷霆时的想象力，基本可以断言那无非就是咒骂，心平气和时，才能想象出美丽的童话。

正像汤素兰老师说的，阅读童话可以激发想象力，孩子的成长离不开童话，孩子的成才，更离不开童话。同学们，快去悦读更多的童话，给自己插上一双想象的翅膀吧。

《我不是坏孩子》读后感

读了《我不是坏孩子》，我心里很难过。主人公叶只因为有个"坏孩子"的标签，带来了无尽的烦恼，也沉浸在痛苦中。

我想说，我们都不是坏孩子。一个初中生，怎么能承受那么大的压力！

作为老师，怎么能只听一面之词就不分青红

皂白地给学生定罪，还强行把"坏孩子"的标签，贴在一个原本善良的孩子身上呢！烦恼中的老师们，请摘下有色眼镜，用一双真诚的，真实的眼睛去看待自己的学生，你的生活将是多么快乐。

作为家长，更应该理解自己的孩子，多听听孩子的心里话，成为孩子成长的伙伴和有力后盾，而不是一味只知责备打骂。

老师们、家长们，在我们需要被肯定、鼓励的时候，希望你们不要吝啬，更不要把伤人的气话搬出来，用内心的爱去带给学生温暖！

有时候，忍让是必不可少的，是所有生物的必修课，能避免很多麻烦，让生活更加美好。其实，生与死之间，只隔着一条小溪，跳过去，很容易，跳回来，不可能！相信命运是公平的，命运掌握在自己手中，不要埋怨，转变自己的劣势，发挥好自己的优势，足以让生命变得精彩。

作为男生，遇到挫折勇敢面对，更要坚强，在困境中寻找快乐，珍惜我们的生命，做好自己的事，走好自己的路，坚持不懈，找到属于自己的方向，迎来属于你的曙光！

《拯救男生》读后感三篇

之一——人生篇

《拯救男生》，一个仿佛发生在身边的小故事，震撼着每个人的心，作为一个男生，我很费解，既然结巴不是一件好事，为什么到最后，结局却会如此美丽？

带上好心情，勇敢地走出阴影，找回真我！那一瞬间的泪，定格了人生。

从高帆身上，可以看到大多数人的影子。放开嗓子大声朗读吧！青少年，大声地喊出来，不要让结巴剥夺了你本该欢乐的生活，你的躯壳不应该是拘束灵魂的锁链！一生中，难免会有坎坷，但那又算什么！不妨换个角度，从苦恼中找到快乐，让你的人生不再简单。从失败中寻找经验和价值，从平凡之中创造非凡。上天给你时间和生命，不是让你在自卑自弃中虚度光阴，而是希望你学会珍惜。

结巴影响的不只是嘴巴，还有心灵！无论如

何，不要放弃，自信是最关键的，只要有坚定的信念和毅力，一切梦想都会实现。

男子汉，别忘了看一眼，你的背后还有人爱着你，默默地支持你！把他们铭刻在心，因为有了爱和鼓励的力量，生命才会更坚强，化压力为动力，一直努力，一只鸟儿能够飞多高，取决于内心的高度，心有多高，就能飞得多高。

自信、坚强，才是真正的人生，还有爱和鼓励，好好把握住生命中最宝贵的财富！加油吧，男子汉！以一颗平常心面对生活，走好以后的路，未来还要靠你自己！

之二——小心篇

读过《拯救男生》，我想到，为人处世要谨慎，免得养成一些不良的习惯，社会上总难免有坏人坏事。比如别人结巴已经够痛苦了，竟还有人跟着学，这是纯粹的"损人不利己"。

学别人说话结巴，别人更加苦不堪言，自己也会染上了坏毛病，结巴像一块口香糖，粘着你不放；结巴又像你的影子，永远跟着你。或许是好奇心，或许抱着侥幸心理，很多人直到变得像

"结巴班"那样，才会盼着被人拯救，想起远离坏毛病。

当你正在抽烟、喝酒和玩网络游戏时，自以为不会上瘾，却永远成了烟鬼、酒桶和游戏迷和小眼镜，回头想想，当初为什么要接触；当你深深陷入坏习惯的泥潭，无法自拔，想想当初为什么要争着往里跳；当你陷进去出不来的时候，如果没有人拉你一把，人生该是多么绝望？只图一时兴奋，跳进去的那一秒钟，还以为自己会"轻功水上飘"，能够飘过沼泽，飘过泥潭……

不要犯"结巴班"的老毛病，不要再抱着侥幸心理，人需要自信，但不能自负，一旦狂妄自大起来，最终害的只会是自己。无论何时何地，记住，小心谨慎最重要！每一步都要慎重，不放过任何小漏洞，考虑的长远一些，太过草率是不行的，同时也要果断，关键时刻是不容你犹豫不决的，利用好你自己的潜能，开发无限的自己，成为真正的强者！

之三——大气篇

读李凤杰老师的《拯救男生》，激起我的思

考。口齿伶俐是人人向往的，当你说话不流利，大脑也会跟着慢下来，天长日久，人就会变得迟钝窝囊。作为男子汉，做不到粗野豪放，至少应该阳光外向，而不是哑巴吃黄莲——有苦说不出的乖乖宝。

之所以我们是男生，是因为天地豪气尽在我们身上，应该珍惜上天给我们的血气方刚。自由的种子本该在心田中自由生长，却被结巴斩断了翅膀，一定要冲破牢笼，开辟一片属于自己的天空！

豆蔻年华，正是像野马一样的年龄，本来应该在一望无际的田野上，自由洒脱的飞驰，不能让结巴——这条绊马索挡住了去路！微风拂过，有没有胆量回到现实的"流利"时空，寻找失去的自我?!

连句话都不敢说，就基本上失去了沟通能力，只能像木头一样默默承受寂寞的巨大压力，世界从此变得昏暗。既是男子汉，就要挺胸抬头，结结巴巴地不是好男儿本色！

绝对不能让结巴成为我们生命中的一部分。别人玩耍时，你只能在一旁呆若木鸡的望着；别人说笑时，你只能在一旁装作看书；甚至别人伤心时，你连一句安慰的话都说不出来。这样的生活，你能过的下去吗？如果得不到别人帮助，应该学会自救！

男子汉，低头处事，昂首做人，从黑暗的阴影里走出来，显示出男生应有的气概。

评点网络小说兼谈创作心得

邵同学好，对你《圣斗之地》的评价"心直口快"，言语冒犯，请勿见怪。

就本书而论，先说书名，且不言"圣斗之地"有多么无味，只是重名的就不知有多少，读者早就审美疲劳了。

再说你的文体，穿越剧——实在是被写烂了，看着就令人作呕，而且，穿越的最大特点是主人公保留着前世的记忆，像个没喝"孟婆汤"的人，以原来世界的文化与穿越后的冲突为最大看点，但你的书中，实在没看到曾经世界的一点儿内容，只把从前当成了开端而后弃之不顾，后来那段写文中"你"转世后希望得到"商人父亲"的陪伴，更有忘恩负义之嫌，与前文的"平凡（的）人"完全脱了节。

然后说魂兽等级，几年几年是个好主意，如果是你的首创，那当然不错，如果是"借"来的，那终究要"还"回去。你的什么什么仙，在我看来有些不妥，以中华五千年文化而论，天地有五仙，乃"天、地、神、人、鬼"，即"天仙、地仙、神仙、人仙、鬼仙"：

天仙即悟明了天道者，自在空灵；地仙即得到了大地的律法者，宽厚广博；神仙即有了神韵者，精气神三花聚顶；人仙即门神之类，由人积功得道而成；鬼仙即山神土地一类，及冥府众仙，皆鬼仙之流，是为五仙。

至于圣，一般为精研某技，出神入化，字音读来似刃；尊乃自重贵者，长者之气度，磅礴浑厚，读来似盾。可解为其境界。成书，无境界，不成方圆，名号对应的不只是实力，更是进境！人物们是要不停成长的。

主人公"赵凯志"，"赵"字还可，"凯志"极为凶险，谐音"凯子"，指受女人愚弄后没落个好下场的男人，意为至下至愚者。好听的主角与配角名能快速而牢固地吸引读者兴趣，为你的小说增色，现为你准备了几个适用于网络小说的名字（最好用些稀有而顺口的姓，如能凡中脱俗更好）——

①"战天圣仙"可更换为"紫天帝仙"，取紫气东来之意；

②（易）逸君临，取飘逸，君临天下者；

③（易）逸慕倾，因仰慕而倾倒；

④（易）姜慕倾，读来比上面那个还顺口些。

（赵君临，也不错，只是太多人用；还有萧玥也不错，适合走卖萌路线的"小萌物"）。

要知道这四个我给出的名号，可不是信口拈来的，我试了几十个名字，先把不适合你文章的都去掉，再到网上找，只要能找到的我都没留着，只剩几个还可以的又选出了这些，仅供参考（还是希望能被采纳）。

名字的事权且一放，来看看"你"穿越后的身世，首先，如果没看错，你那章里说的应该是"最弱的魔式神"，"式神"是日本一种被人操控的小鬼，不宜出现。还有"恶魔之子"，恶魔是西方产物，岂能比得上我们中国的魔？更何况，恶魔是罪恶的化身，中国的魔道才有意义。我们老祖宗传下来的"魔"是一种境界，不是国外的小家伙们能比的。可更为"魔王之子"。

那条大蛇为何是"千万年"？明明没有"千万年"这个等级……可以此大蛇为突破点，让大蛇遗下一鳞，鳞片上刻着某个组织，让这个组织对"你"明助暗害，然后让"萱姐"发现某些线索……以推动情节发展，还可让那鳞片在特殊的光线下显现奇怪的纹路，纹路中记载着"你"的身世之谜。

那大蛇可为一助，安排它与"萱姐"和"冷月"早就结识，那次是专程来报信的，故没伤害"你"的两个姐姐，后来"你"暴走制服那大蛇后，"萱姐"又制止"你"杀掉那大蛇，故事更完整有序。

还有"你"的两个姐姐，并不是说"一个如火，一个如水"就完事了的，要用事实来表现。依我的观察，"萱姐"只会在"你"被欺负后对欺负你的人先骂后打，然后对"你"撒撒娇什么的，完全没看出热情；"冷月"的琴棋书画也不能只是做做样子，她应当有一样令之前所说的组织垂涎的至宝，性格上最好外冷内热，且只对"你"表现热情，冷代表冷静。

"你"的同学们让我有种回到幼儿园的感觉，"清清""可可""小白""胖子"虽然毫无新意，但不至于太唐突，那个"圣天"也太狂妄太不合适了吧！他只是一个配角啊！顶多是个男二号！还有各种年龄错乱都不想说什么了⋯⋯

"清清"属于速度体术系，可叫作"楚青冥"；

"可可"属于植物木系类，可叫作"叶牧"；

"小白"属于雷电元素类，可叫作"（白）洛雷"；

"胖子"不应只是纯防御，可加上风属性，叫作"武长风"；

"圣天"的魂兽是"滔天白虎"，应将他和胖子的玄武与四大圣兽区别开，让主角依然得到四只神兽，可拥有三套使用体系：一、直接放出魂兽，二、混合甲，三、一次专一套，不停换甲。其他用法你自己想吧。千万不要被武器限制，多向法术和境界写。（"你"的大猩猩老师与"你"父亲完全重名）。"圣天"可叫作"凌轩"，更有气势又不突兀。（不要总让他挑衅别人，此人沉稳一点比较合适）。

要注意团队协作，"凌轩"可以设定为"你"的对手和强助，多多培养，一同成长，与你同担大任（找个合适的机遇把他对你的态度由嫉妒和轻蔑转为佩服）。同时还要注意团队协作，别把同学们摆出来就算完了。"你"的朋友和敌人都要多，都要强，主人公更要不断变强以适应新环境。写网络小说最要紧的就是不怕麻烦，篇幅尽可能大，要有写个几百万字的长远眼光。内容越乱、越有悬念就越好，思路要广，手笔要大，逻辑要清晰，尽量把你知道的所有世界都添进去，用平行宇宙思想划清他们的界限，可以把中国的大仙们当做随手就能改变局势，泯灭争斗的不理世尘的大 boss，但主角最后要笑傲群雄，成为拥有终极强者气度与觉悟的终极强者——读者都喜欢不断地翻盘。

"你"不应当是吸"血"的那种吸血鬼，可以把吸血鬼当个比喻，实则是吸取天地灵气、宇宙中的零散能量和对方的能量，至于什么"吸血鬼、蝙蝠族"之流太不上档次，最好去掉，不要让西方的小小魔物成为主导，中华五千年文明赢就赢在我们这些子孙后代的意志上，不要被西方给瓦解了，否则就会变成受人唾弃的"多不像"。吸取对方能量的能力可作为中华魔王的功法之一。暗代表未知，而不是罪恶，千万分清！（见下文改写片段——建议将片段稍事修改后代替原文，助打开小说思路）

再一个，"你"在刚开始测灵力时，"两个球都满"很有利用价值，"你"不应当一直在不受控制地暴走，伟大的人物是多面进军的，魔道功法让"你"极速提升实力，神道功法帮"你"稳固心神，二者合一，才能完成"你"的使命。

招数的话，不要什么霸气就叫什么，"你"的法术如果让读者觉得幼稚，或怎么记就怎么记不住，就是最大的失败。

你的文笔很有特点，但要记得把一切分清楚，不要说了半天还混得不知谁是谁，分段明确，标点清晰，人物动作和言谈也要分开，句子结构绝对不是开玩笑的。然后是心理、环境、神态的描写，不要只讲主线故事。人物们可以分开来写，不要把每个人物都写得太单纯，否则会乏味透顶。

既然你写得是成人化的网络小说，就不要畏手畏脚，人物越多越好，还要分清主次，给"小萌物"多来点姐姐妹妹，七大姑八大姨，还要有随身的曾经厉害现在落魄经验丰富且需要你帮助恢复实力的导师，比如青龙等，别只把他们当铠甲。

还有就是不要怕修改与重写。（如果你害怕的话，我两天的辛苦就付之东流了——我可是很小心眼的，你不用我就用了啊！）

以上都是心里话，如果你能好好品味品味，一定会得到大提升！（建议留着慢慢看。）

探幽黄荆老林

六年级小学毕业的最后一个儿童节，作为节日礼物，爸爸专程陪我进行了一次长途"探险"，我们去了泸州的黄荆老林。

雨中，从酒城泸州一路穿行在林海之中，这让我倍感亲切，享受着树木送给人类的宝贵礼物，我的眼前一片醉人的新绿。而正在这巨大画卷中，有一个小小的白点，我们走近一瞧，这是一家建筑别具一格的"民族大酒店"，恰好有些疲惫，我们便进去住下。一进门，热情洋溢的服务员迎上来，递给我和爸爸一杯水。我刚想拒绝，因为我们带着水，但突然想到可能这是他们民族的礼节，便接受了这份心意。

安排好住处后，稍做休息，我们就去了当地有名的八节洞，这里的"洞"很特别，并非平常见到的山洞，而是指瀑布激流。初到时，我看到一个牌子，上面记载着一个生动的故事——"龙鱼之恋"的传说：

相传在瀑布顶端的蟒童河坝边的一个村庄，来了一条危害人畜的巨蟒，为了除掉此害，汉家一财主张贴告示，说谁除掉了巨蟒，便把自己的爱女阿金嫁给他。早已对阿金有好感的苗族少年阿黑便刻苦训练，历尽艰辛，终于制服了巨蟒，并将其砍成八段，逐级跌落；但由于当时不同民族不能通婚，因此他们的婚事遭到反对，最后双双投河自尽。自此沿蟒童河的岩壁便不断的有水自上而下的流下，越来越大，正好形成八节瀑布，煞是好看。据说这是阿黑和阿金的泪水流在蟒蛇身上形成的。

进去不远处我就看到了一个飞流而下的瀑布，那就是黑龙潭瀑布，结合刚才看到的故事，我突然诗兴大发，但此时身边并无纸笔，只好用手机录音，就这样一边走，一边上气不接下气地吟出这样一首诗——《题黑龙潭瀑布》：

幽悠水声远处景，近看瀑布万马停。

赤色血水男儿泪，却见柔光高处情。

走着走着，过了情人桥，便是白云岩石刻，那狭长的白云岩虽不起眼，却是八节洞瀑布最大的价值所在，清代才子梁春华曾在上面写下了"绝壑飞泉流暗壁，奇峰嶂日逗寒烟"这样的佳句，抒发他满腔的豪情壮志。虽然我只是个孩子，但我也意识到了保护文物的重要，我认为，应当有人保护一下这些非物质文化遗产，将先人的思想境界传承下去。

当我们向前走去三连滩瀑布时，突然见到许多酷似巨龟的石头，爸爸觉得这些"巨龟"好像是被压在山下，痛苦不堪，无法翻身，而我则觉得"巨龟"力气大，且懂得团结，把整座大山都驮起来。听了我的解释后，近来追求超凡脱俗的爸爸，不禁有些惊讶。他一瞬间如释重负，茅塞顿开，原先觉得生活压力大，现在终于抛开包袱，不被压力这座大山压在下面，而是勇敢地将它驮了起来。

到了三连滩瀑布旁，岸边一棵翠绿的竹子，正随风向我招手致意，我欣然一笑，听着那悦耳的水声，吟诵出了一首《竹之问》：

万只巨龟驮座山，启程前往三连滩。

岸边绿竹伴风舞，遍问清泉何是源。

一晃眼的功夫便到了溪流上游，嘀嗒一声，一颗水珠从竹叶上滴落，正落进了浪花妈妈的怀抱。这正像婴儿初生时第一声响亮的啼哭，同时，也给我开了窍，我突然想到，竹既问，何不答。于是，便有了这首《答竹之问》：

涓涓之水流脚边，滔滔幕帘在眼前。

若问源头何处在，流入心田暖人间。

看完几处景点，肚子早拉起了警报，可这荒山野岭根本就没有吃饭的地方，甚至连可以食用的东西都没有。没办法，只好饿着肚子再走一段路看看，没想到，我们运气好，那饭店还真给撞见了，前面有一个农家乐的招牌。

这时，我突然想到，那个民族大酒店，我应该给他们题一首诗，接着，一首小诗脱口而出《题民族大酒店之雄鹰歌》：

客人来到一杯水，便是真情最珍贵。

天籁之音响耳畔，一展宏图万里飞。

走了一段弯弯曲曲的山路，终于七绕八绕地来到了那家农家乐，那里炒菜做饭还需要山下千里迢迢地挑着担子送上来。我想，那些来回运送食材的人一定很辛苦疲惫，走那么远的路还要挑着担子，如果换成我们即使不挑那沉重的担子，也绝对走不了那么长的泥泞之路。如果常在户外走走，或许可以改善一下我们的生活方式。

返回时，见两张石桌，我突发奇想，在这种幽静之中漫步，不如我写个叠字诗吧，就这样，这首《题八节洞瀑布》叠字诗诞生了：

听滔滔水声，思隆隆炮影。

看袅袅朝霞，观峨峨林峰。

出了八节洞，我们又在附近转了转，走到一处山脚下，建起几座别墅，几个孩童坐在地上玩耍，再看山上，一只巨大的"猫头鹰"竟藏于山中，那块酷似猫头鹰的石头隐隐出现在一处悬崖绝壁上。那只"猫头鹰"一只眼睛横着，一只眼睛歪着，好像还没有睡醒，我觉得很有意思，一首饶有趣味的小诗被哼唱出来《题猫头鹰岩》：

我是猫头鹰，千年没睡醒。

如今天未黑，老鼠不点灯。

天色已晚，我们便准备返回住处，踏着蒙蒙细雨中的幽静，走向画卷里那个美丽的白点……

注：原载 2012.6 泸州新闻网。

国学初探索

2013—2015年度初中时期作品。 边读边行，有怎样的追求，就会形成怎样的趋向，从无到有，从模仿到形成自己的风格，其人一步步接近于自己的理想，探寻古人的创作之道，力求得其神韵，而不特务于皮毛。在国学创作之路上，初中时期，正是其探索精神的体现。

冠山赋

沐临冠山，地方百里。草木夹道，虫蚁丛集。泉池珠连，群峰合璧。山门开阖，蛟腾虎踞。渐入迷阵，蝉嚣莺啼。银瓶乍破，天河迸开。浩气荡漾，清风徐来。含羞闭叶，楠竹相与。寒烟纵横，秋波萧瑟。稀木阑珊，疏影斑驳。

折茅取道，误入深林。人迹罕至，凄静莫及。佳趣陈酿，奇石雄伟。紫气氤氲，隐有良人。途值元直，引文成侯。恭敬演道，谈笑治经。见解有别，高呼阔论。方有一人，拨草而出。文公启口，滔滔不绝。放怀讲法，酣以忘时。如闻仙音，如饮甘醇。不觉垂日，长揖而别。随兴而来，乘兴而去。

独倚良久，虫叮不知。静立自思，天覆地载。乾坤携我，宇宙容身。我立地欤，地立我欤？何以视之，高阙揽月。岂须山势，俯拾即是。兴尽不惜，自在归去。

鹓鶵

南有神鸟，其名鹓鶵。练实醴泉，栖以梧枝。不日将起，出降河洛。时值夜雨，未敢擅去。下缘王檐，一任淋漓。藤底罗雀，自惜羽翼。及见神鸟，惊呼趋避。作鸟兽散，各遣东西。鹓鶵不移，侧目斜睨。

忽而闻弓，迸胆裂脾。方欲盘云，驾雾飘去。王悦纹理，将令捕之。四面铁壁，八方告急。弦破玄夜，戟断疾啼。擒入深宫，宴乐求嬉。严窗封门，嫔妃咸集。一睹风貌，惊为天衣。招以温汤，投以琼梨。延至五晨，鹓鶵莫理。王恼其节，妃怒其习。鹓鶵饮恨，夙夜叹息。期至七日，黄鹤东来。相顾无言，相与归西。坚门不闭，马快莫及。

谦谦君子，肃整其仪。拜空祈聆，救拨黎民。二鸟乞凤，役使龙龟。河图洛书，乱世清音。及至数载，天下大治。命就临别，欣然收讫。古今才情，孰不知之？谈笑而已。

送客

——题赠童蒙养正学堂学友入川送行，成都多雨，物我两忘

无伤深言起云程，有劳浅笑备雨盈。

扶鬓仰天两相忘，踏青惜木一腔风。

雁过留名方称意，曲终无言胜有声。

喧嚣寂静皆如是，不若休悔乐此行。

无期歌

昭阳殿上且束衣，浔阳江头曲莫辞。

独阳不长自然来，一般怀旧恩不訾。

无情长恨惨将别，有心放弦弦外离。

那得千古成欢事，月向重圆水凄凄。

客遥寄辞

簌簌寒叶酌醇醪，秋节暖阁榻松梢。
香茶盏雨堪美誉，轻衫遮面却琼瑶。
湘水依稀歌鹏鸟，江潭憔悴赋离骚。
不觉落英风荡耳，小院云阳履平桥。

凄然小令

昨日花朝春尚好；
今霄雨暮夏半消。——外户值寒偶题此对
广寒顾盼人迹绝，一江秋月，荡尽千层雪。
蛾眉惊破羽霓裳，两岸春杨，休却万古伤。

欣然行

一枕黄粱浑欲仙，长日风亭墨卷檐。
高山流水断魂阙，风致天然别香奁。

野客舟内愁际醉，离人窗外半掩帘。

好花傍座拈信手，浊酒停杯舞欣然。

无声悄言

凭栏斜俯日三分，倚窗正对陈书薰。

短歌终了辞玉阙，长啸仰天别篙门。

白鸽时走往回步，红瓦常留去离人。

闻道书声堪觉耳，不明闲情悄入云。

无题与友

初谙世事尚知浅，三十余众皆愚顽。

只道瞒天可过海，巽莫违离终枉然。

闲云野鹜两般顾，谈笑风生十年寒。

新竹不领春风意，只把青叶做佳颜。

黄鹤图赋

翎羽飘风人影寒，开翅流云向天关。

漫道江边寻黄鹤，迷途蓬莱觅青鸾。

古壁群蛩声萧瑟，闲亭孤鹜意阑珊。

妙不可言飞身去，天地玄黄咏怀宽。

贤铭训

——题赠童蒙养正学堂学童学友

格物且需先知意，至知还拟早得一。

修身仁智理义信，齐家孝悌廉耻礼。

行法自然国方治，元亨利贞故无敌。

百家千年万条理，自幼诚训胸中记。

无望圣人何处来，女辈可以成大器！

书礼赞

——题赞东夷书院

平明石上起楼台，开荫道中拈尘埃。

经纶满腹饱墨韵，思絮盈空飞天外。

吐气扬眉添豪阔，典藏加身常爱戴。

浩然风义任正斜，磅礴荡魄行四海。

课堂随感

人行千里道不一，归处何殊论曲直。

汗青才言宏烈士，布袋早遗万古诗。

电闪雷鸣终喑哑，云淡风轻有落时。

恒久无过风带絮，变化无常空留痴。

登黄荆老林笋子山原始森林有感（六首）

之一

树隐边天天破树，竹遮半水水透竹。

千丝万缕始入目，一笔百琢成此书。

之二

独步青林中，景幽神更静。

微木知我意，举手送远行。

之三

山挟云聚草满林，舒日遍洒万点金。

虫蚁绕身如膝子，欢声蝉语敬远宾。

之四

清泉翠石有时尽，昙花一现默无言。

蚁俯碧叶观天下，蝉抱青枝眺人间。

之五

登高望远在山巅，翠波漫荡入眼帘。

只愿轻风摇暖树，静觉泉下碧水岩。

之六

碧竹迎人至，红岩展枝开。

白蝶才舒翅，紫叶逐风来。

黄荆老林笋子山和母亲诗(七首)

寄母亲

母子虽隔心意连，曾母伤指召子还。

若母孤寂子何乐，山美不及母心安。

赠母亲

愿母博爱感睡神，有缘早息待日升。

且以微意敬相祝，莫笑学浅比白丁。

答母亲

浅言风卷云舒意，畅道月淡星繁时。

何物值来千金重，唯有亲人互得之。

和母诗

信步闲游大自然，灵光一显碧云间。

子知母意喜不禁，身在巴蜀意相连。

回母亲

美景多书尽，不意心空空。

若非时地情不同，怎得乐无穷？

赞母亲

错以观客称才母，愧对诗人美名誉。

才人提笔方挥墨，高下立显莫过谦。

谢母亲

照猫几笔翻成虎，厚积薄发显神韵。

妙趣得来成绝对，巧夺天工赞诗人。

附：母亲短信"母得子夸心花怒放，照葫画瓢不敢窃喜"。

老林悟缘（三首）

——母子和诗启发黄荆老林悟"缘"

一

奇山秀水待缘人，灵感突袭成诗文。

缘大无需多留意，有缘何必苦相寻？

二

巧夺天工抒山水，机缘正合虔情真。

妙趣得来成绝对，山石草木皆友人。

三

手中无物何须虑，缘得本心承乾坤。

静待人生祸与福，珍惜身边物与人。

黄荆老林民族村山林漫步（三首）

题联：琼楼云上现，仙泉石下出。

林间漫步一

点滴下皇（黄）袍，舒日加吾身。

绿树两旁立，文武一朝臣。

林间漫步二

山蔽云天石屋空，人走茶凉何去从，

鸟语花香谁人享？萧然来去太匆匆。

林间漫步三

多道竹直人更直，我言斜竹意更真。

风拂不改平常态，气聚神凝永保春。

和木匠老友罗应启先生（七首）

刘子檀和老友一

玉女一声净洁显，玉石相映作明鉴。

含羞或误成贪羞，良将挥戈为定边。

附：罗应启题大漩涡瀑布

十里莽童巧元关，美女贪羞卧石滩。

阴阳相配结真穴，贤相筹谋天下安。

刘子檀和老友二

君莫笑吾境界浅，诗中真情不得见。

愿闻隐士再明言，其如亮烛透昏眼。

附：罗应启题黑龙潭瀑布

斗转星移岸不移，黑龙潭景天下奇。

惊涛拍岸清风爽，雨后彩虹着人迷。

刘子檀和老友三

前辈何以作谦恭，李赵八家各不同。

碧玉递来反甚物，巨木存身微林中。

附：罗应启句

小弟居然诗句多，皆属高贤赛东坡。

我愧无才疏堪比，抛砖引玉学谱歌。

刘子檀和老友四

人生大志不计年，子牙迟暮方出山。

君日尚早何须惧，少时艺满手遮天。

附：罗应启句

忘年之交莫笑哥，才无几何年岁多。

愿君展开宏图志，他日榜上早登科。

刘子檀和老友五

黄荆自巴蜀，天应启西南。

莫道荆棘苦，立地万山闲。

附：罗应启句

红豆生南国，子檀居东北。

人言相思树，擎天一树立。

刘子檀和老友六

老林相识几时忘，兄弟之名不敢当。

愿君寻得出山路，拨云见日惊鸿光。

附：罗应启句

南国情缘弟莫忘，诗词歌赋比人强。

他年如得青云志，定作国家一栋梁。

刘子檀和老友七——题红豆杉王

双树并依惜为命，四目相对互作珍。

居民熟视如无睹，只道两木各自分。

附：罗应启诗句

参天耸立红豆杉，擎天一柱不缺它。

游人乘凉观此景，疑是如来五指丫。

罗应启观古蔺百凤山

五凤楼下百凤山，九曲朝堂巧元关。

起看嫦娥奔明月，鸾凤和鸣众星欢。

注：千年红豆杉树王位于黄荆老林三工区下沟。

西安机场候机偶感

激浪凝白练，珍露披锦衫。

清云驹过隙，一渡万重山。

无题

波夹万锦缎，浪隙一渔船。

空空不见桨，无风硬扯帆。

初游黄荆老林八节洞瀑布（六首）

题黑龙潭瀑布——龙鱼之恋

幽悠水声远处景，远看瀑布万马停。

赤色血水男儿泪，却见柔光高处情。

竹之问

万只巨龟驮座山，启程前往三涟滩。

岸边绿竹伴风舞，遍问清泉何是源。

答竹之问

涓涓之水流脚边，滔滔幕帘在眼前。

若问源头何处在，流入心田暖人间。

题民族大酒店之雄鹰歌

客人来到一杯水，便是真情最珍贵。

天籁之音响耳畔，一展宏图万里飞。

题八节洞瀑布叠字诗

听滔滔水声，思隆隆炮影。

看袅袅朝霞，观峨峨林峰。

题猫头鹰岩

我是猫头鹰，千年没睡醒。

如今天未黑，老鼠不点灯。

戏说太极

鸭梨参谋抚扇大笑道：

"山阳啊，要知道，合而为一，谓之无极，万物其内，皆为一体，故而无消无长，无有变化；加以细分，谓之太极，两者相反而不相对立，相冲而不相为敌，其变多矣，本身无极，动静之道，皆在其里——类宇宙的活监狱，你听好，武器或说是工具与我们没有任何差别，不存在外物内物之说，不要刻意排斥，也不用担心依赖。其犹天地间尝有一事，有一神石，与无极之中，不见损益，寿与天齐，惟受天所配，无己思，无己行。因而欲脱天地，以独寄己身，然错遗其源，轮回加身，为求长生、得道，盲修瞎练，着实可笑。其本是道，何须求道？求得之道，弃大从小！外物内物，即便如是。"

——摘自刘子檀《宇宙王之平行世界》

卖花声

江花冷画舫，极目还望，耳闭鲸涛波万浪，
相思云云净牙床，孑然饮怅。

怜怜拥水岸，有心拊樯，回首东君苽西湘，
潇潇疾飔雪其雰，无意风光。

踏莎行·冷茗

窗淞颜玉，卷释人去，冷茗空樽黯飞绪。长
竹层层欺伊滑，黄鸡唱罢又腾岠。

呜呼嗟嘘，不胜晞吁，摧英落月惨相觑。短
笛脉脉不得语，趋芫愀然茕鸲鸰。

行香子·齐与浮云

淞尽独登，高楼入梦。安得明月临洛水，虚含浮菱。轻沉吟，西湖里，醉几程？

花前对影，泼墨连珩。乞为青鸟令相寻，顾笑当风。道无期，云千里，断长亭。

读热力环流示意图

目前已知"循环"，多半并非于"无"中来，即非纯以"天"道，"地"亦参与其中，引力，乃为循环，上述虽可以示"天地"以"天"统称，终与古人相悖。古人知夫天地，而少有今宇宙之观。以例视，近地冷处气压高，热处反是，于空而反前二者，热处气聚，地空相反，气流扶摇而上，形成高压区，平行扩散于四周低压区，高空冷处气压低，气体冷却下沉，此处虽则循环，非引力而不能。苟以"无"（真空）视环境，以"客"观地球（星体），斯古人之见于循环，非自身即可周行"天道"，另另有一力与之，无是不行，天地斯合。

行香子·公评赞
——2015 年 12 月 15 日物理课题老师

百里结楼，云易重岩。心堪丕郎灶下燃，飞燕连环。朔风起，通扫去，痛几翻。

八方魂断，清流激湍。舌战春雷真胆战，翼德啸天。临江咽，择晴日，详添看。

题对禅联一组

茶禅认为，对他众有利的知识，是高尚人学习的。对自己有利的知识，是中等人学的。要学就学对自他有利的知识，努力学习知识是一方面，想有所作为，还要提升利他心。

题联"茶禅一味"

道法自然，及吾无身吾又何患？道生一一生二二生三；

茗品禾沅，值彼有念彼又何闲？枝生芽芽生叶叶生甘。

禅联巧对一二三

古鉴鉴古，今师师今，不见古人湿襟股。

亲事事亲，友为为友，躬事亲身唯有钦。

千面佛，一颗心，辅佑万众；万信徒，一柱香，供奉千佛。

三清境，元始君，分身教化；万千神，凡人修，道德传世。

万法相，一无身，观音千手；千三界，一同体，菩提万枝。

一粒里，混元气，合德敛内；万千象，仙凡等，自由本心。

题对"风调雨顺"

昨天雨、今天雨、明天雨，约友赏雨品茶，

天天雨，天天品茶约友；

　　上年风、今年风、明年风，会朋临风摆酒，年年风（丰），年年摆酒会朋。

踏雪图赋

　　　　三秋相隔障灯穿，红豆对覆眠巴山。

　　　　刺梅犹望青襟降，残荷罴起赤肠盘。

　　　　点霜犹凛攀枝雪，片冰还傲折叶寒。

　　　　安得长锁羁明月，飞去楼台揽薄烟。

如梦令·鸳雁南迁

　　返景歌断冥山，天行一任凭栏。俯仰非已有，簌簌两袖阑干。殊怨，殊怨，争奈曲终人散。

临江仙

　　年华半枕复无已，青酒不及白羹。长笛横江截梦，画屏空卷去，吹蜡向天明。

　　尚喜志趣今犹在，醉醒褪尽余惊。含桃春落疏声，脉脉何不应，为有穿林声。

临江仙·逝者如斯

　　蒲青进酒将年幼，谪仙数度平人。旧言阡陌成怜恨，玉凰惊风起，牙帐久蒙尘；

　　采薇食余长遗响，孑然徒留一身。故园残年惜良辰，轮台因何戍，冰河凭谁问。

笑为绝句

——题断指维纳斯像

提臂折指拳半迎，昔日曾将曲连城。
仙琴何在天边去，会心一笑百般情。

观影《天降雄师》

汉时丝路初开，尝有一人，名霍安，幼因战乱丧其父母，携妹出逃，误杀其妹，后由大将霍去病所容，继其遗志，力行"异族一家，永无战乱"之策，望西域三十六国"化敌共存"。

成年后任"西域都户"，成家立业，偶因劝人罢斗而意外生节，令一少女冷月认定其为夫。后遭陷害，发配燕西雁门关，赶造城池。忽有罗马部队攻至，守城者为其军中设计所诱，头领亲率众出城，为人擒，霍安苦劝不住，只得独当大局，后问明出师所为，放敌入城暂息。夜忽上级传令，十五日内务建成，因留敌化友，共建城池。西域三十六国与汉合力，十五日而成。

时罗马将军卢魁斯道出罗马新帝阴谋，新帝弑父篡位，欲害其弟以绝患。二人谋抗，然霍安之副手殷破为取雁门太守之职，通罗马新帝，暗害卢魁斯，诬霍安通敌叛国，欲灭其三族，霍安携妻及其妻所教之生逃，幸得前言及之少女冷月率人救出，其妻替学生挡箭，不久身毙。

霍安与少女冷月回城，孰知罗马新帝已谋死其弟，擒卢魁斯于牢，剜其双目，又利诱城中人众交出霍安。城中苦力多为其所动，霍安将计就计，言谈间使新帝疑殷破有二心，借以诛叛贼。霍安与同伴巧救卢魁斯之旧部，以罗马新帝之弟授之罗马军团首长之位号令众人，因人人敬其行，感其德，令出即遵，莫敢不从，唯新帝之军数量极众，霍安部虽勇不敌，生死关头，三十四国众族人齐出，迎战罗马新帝，仍是不敌，幸安息国女王早有知觉，率大军来袭，镇压罗马新帝，质问新帝为何弑父害弟，新帝之师图劝新帝回头，却遭新帝杀害，霍安以重伤之躯与之对敌，险胜。

霍安颇因未能援卢魁斯出苦海而自责，遵其

遗愿，重建战时被毁的雁门关城池。朝廷受其感，特赐"化敌共存"之匾，以彰其功。自此直至数年后，西域各国异族一家，久无战乱，丝绸之路得以延续至今。

观影《锦衣卫》

明太祖特制密部，收取孤儿无数，自幼始训，至大而成，生者授"锦衣卫"之职，死者无数不计。武艺最高者官名"青龙"，授"锦衣卫指挥使"之职，次之者授"白虎"，再次"朱雀"，再次"玄武"，共为"四大护法"。青龙可获明时最强武器"大名十四势"。

锦衣卫在英明之主手中可大放异彩，于奸佞之人掌下立为人所痛恶，多牵制军机大事，故多因以丧身，哀哉，哀哉！物无久适，皆视其用，视其所用！

有庆亲王与明末帝侄争位失利，因处削刑，贬之塞北关外，夙夜谋兴。有一养女，其名"脱脱"，练就绝世武功，欲助其父。亲王勾结大太监贾精忠，谎称另有所图以谋破关。

时任青龙领命至赵太傅宅寻其罪证，眼见功成，太傅以罪证示之，竟为传国玉玺，太傅劝青龙以大义为重，青龙惊愕之余，惊遭突袭，负伤失玺，欲回府，却得知玄武出卖"白虎""朱雀"，事贾精忠，转刃于己，故借托镖外逃，以己为镖，着将倒闭之"正义镖局"以总镖头乔永之女乔花婚嫁之名送出关外，欲察明庆亲王图谋不轨之实。何以知庆亲王之乱？皆因玄武所遣锦衣卫追杀青龙，青龙擒其一而知。

恰关外巨盗天鹰帮少帮主大漠判官欲取一商队之财，熟知此商队正为庆王爷与贾精忠交易之亲王卫队，判官为财联手青龙，共夺财物，青龙夺得玉玺，然脱脱擒乔花为要（挟），青龙无奈以玉玺易之。亲王欲以玉玺假造圣旨带兵入关，贾精忠知实后拒之，玄武再改节相助亲王，若非青龙混入，玉玺直入亲王之手。

脱脱并玄武护送玉玺，乔花之父乔永携众镖师为报青龙救女之恩，领路追之，于天狼城夺得玉玺，青龙手刃玄武，脱脱击杀赶至之判官。青龙着乔花护玉玺至京，己身决死脱脱，双亡。

乔花徒步孤身，第一趟镖即负拯救万民之重任，以希望为动力，盼望再见青龙，以信念昂然步向未来。

空幻续写《陈太丘与友期行》

《世说新语》原文：陈太丘与友期行，期日中，过中不至，太丘舍去。去后乃至。元方时年七岁，门外戏。客问元方："尊君在不？"答曰："待君久不至，已去。"友人便怒曰："非人哉！与人期行，相委而去。"元方曰："君与家君期日中，日中不至，则是无信；对子骂父，则是无礼。"友人惭，下车引之。元方入门，不顾。

续写之：

友人悻悻然，遂就车而去，引路折回，忽忆及一事，惊呼失色，乃反顾，恨欲惊勃骙骧而不得，如火燋眉，如鲦在鋬，劻勷难慊，衣黬不顾，轮侧激袂，硠硠訇然，戕稂飞茅，颉颃相与。其如先时之斯，不至此也。

即还陈府，瘣犬觳觫。友人肃冠，前击淄门，曰："先前后至，我之罪也，非迟之哉，实有别务，怪之无咎，然适才不慎，误遗吾珣碧于元方子之彀，请还之。"

三叩而门方豁开，元方踱步出，礼云："君饱学高士，岂欺我哉？然图穷四壁，何珣之有？及复来寻，难测俯张。"

友人知元方非常，不采长幼而慎色曰："子莫要笑，须请吾珣归，急甚。"

元方复恭曰："我闻君子远仰危哉而近欤蝙，信义为先，又言'急人之难，君子之本务也'，今苟有珣，安可不承？请待少时，容寻之。"

友人候，元方复出，遍寻珣而不得，

友人悢然，神色凄怆，抚襄太息。将欲还，元方挺而就车，起帐拂坐，乃去之。

马蹄声稀，候雁南飞。

忽而玎珰寰响，不知何来。友人奇，周视之，乃所配之玦击于珣碧，其声萧萧然如瀹。

珣下有书，上云："日中痛失期，诇谞论君子。客至无所恃，唯从归珣碧。图勿念迊迊，天贶遘逢迟。"

友人甚諐之，喹喹而去。

题《雨巷》

寂寥长巷，烟雨哀怨，问古今才情，孰执纸伞？

茫茫凄梦，丁香聚散，借天地风华，衣袂默然。

彷徨无措，只因大梦破灭；彳亍不前，皆为百般流连。忧愁自作，太息难解，漫天星色斑斓。

老林之行
——记八年级暑假重游四川泸州黄荆老林

黄荆老林对我来说，就像一位老友，与他交谈总能让我得到意想不到的收获，他有无尽的话题向我诉说。这一次，他首先展示他的藏品——八节洞。

洞其实不是洞，而是八节瀑布，我沿着瀑布缓缓行走，欣赏着这件天然的艺术品，只见淡淡的云笼罩在青葱的树木上，竹枝拼命地向我招手，示意我走近点，山外的斜阳努力将光线硬塞进大山之间的夹缝里，山中一片晴朗和谐的景色，我加快了脚步，只见那水中的石头或三两而居，或抱团而眠，似顺水漂流一般，从我的眼角飞逝而去，有些石头比较时髦的戴上了青苔假发，倒是别有一番风味。溪水飞溅而起，加快了脚步，要把我远远地落在后面。

在那里，我只需沿着水流，就能一窥八节洞的全貌，首先和我打招呼的是刚从好梦中醒来的黑龙潭瀑布，好似一条黑龙若隐若现，摇头摆尾，神灵活现，不停抽动着尾巴，击打着下面的深潭，将灵感源源不断地灌注到我的脑子里，又溢出了许多。那黑龙用的力气奇大，远远的，一阵清爽的风，携着一股清凉的雾气扑面袭来，让人有一种飘飘欲仙的感觉，似乎也要化龙腾空而去，这股水汽不知滋润了多少灵魂，涓涓的流水声如伯牙的琴声一般，纵然悦耳，无伯牙亦无人识其胸怀。

高度决定视角，于是，我顺着石阶，登上了高处，向下望去，忽觉之前看到的十分浅显，此刻登高望远，始觉瀑布层层叠叠，环环相扣，似无穷无尽，卷千层浪尚有余，此水伴着时光，前赴后继，他就是老林的新鲜血液啊！

站在高处眺望了一阵黑龙潭瀑布，我恋恋不舍地收回望眼，随意地看了一眼身后的石壁，这才想起自己来到了百米绝壁白云岩边，重温石壁上题刻的清代诗人梁春华诗句，让重游的我又回想起了两年前白云岩的景致。故地重游，自然就要品他的神韵了，此地名白云岩，云无定相，各自西东，岩壁却不知已守了多久，他们各有各的形态，凑到一起来，岩壁不失庄严却自带了几分飘逸，白云不失轻灵又空长了几分凝稳，当是得意之作了。

我在白云岩待的这段时间里，其他的景物不停向我招手示意，我只得告别了白云岩，继续像前行走。没走几步远，便来到了蟒童滩。顺着蟒童滩向上看，一个特别的瀑布出现了，名字叫做大漩涡瀑布，巨大的水流直冲到蟒童滩上，只听水声却不见了水流，水瀑几乎全部流进了下面的两个洞穴，原来那是水流冲出的两个泉眼，水流从滩头巨石上滑过，再悄无声息地汇入深泉中，我便自作主张给那个瀑布起了名字——龙眼泉。

龙眼泉处，激浪弄鳞，将阳光劈碎，歪歪斜斜地四散逃窜，山岩微微俯下身子，虚空环抱住脚下的石崖。

风雷忽大作，漫雨舞当空。暴雨倾盆，如巨蟒的牙齿在撕咬人的肌肤，或许，他是想回归蟒童滩吧，那两个龙眼慧眼遥观，让我总觉得自己像个透明人。

返回途中，龙眼泉目送着我离开。我走向珍珠滩，我站在刚没到脚踝的冽泉中，足下的石块光滑无比，我只得缓缓挪动脚步。水流的声音像嬉戏者欢乐的笑声，整个水面成了一个巨大的笑脸。

下午的一阵急雨过后，夕阳的余晖照满山林，时间丝毫不会体谅人，他迫不及待地拉着我向回走，直到黑龙潭我才稍稍放慢了脚步，真正是再次故地重游黑龙潭瀑布了。

《故人游》

万点金波击潭岸，千缕翠浪雾遮云。

峰回路转始得见，相逢一笑如故人。

来到含羞瀑和情人瀑，我脱了鞋子走进水流

中，抬头看天，低头看水，俄顷风定云凝，夫细观静察者不得见其微动。

《云归》

飞云含笑似有情，覆波微动晚风清。

举头望天忽又变，世事无常阴又晴。

欣赏完老友的藏品——八节洞，他又殷勤地摆出了另一件宝贝——星空图，抬头仰望黄荆老林的晴朗星空，看着你躲我闪的繁星，我心念忽动。一首《繁星》伴随虫鸣而来。

风隐云归忽大亮，月淡星繁满衣衫。

相视一笑即掩去，空留痴人立世端。

老林纯净的夜空里，繁星笑着，闹着，嬉戏了一个晚上，但我的身体不允许我多熬了，竟强行将我的意识锁在大脑里，我只好去与周公聊天了。

老林之约

四川黄荆老林对我来说，就像一位老友，与他交谈总能让我得到意想不到的收获，他有无尽的话题向我诉说。这一次，他首先展示他的藏品——八节洞。

洞其实不是洞，而是八节瀑布，我沿着瀑布缓缓行走，欣赏着这件天然的艺术品，信口言道《信步闲行》：

树葱竹绿淡云轻，山外斜阳山内晴。

裸岩青苔眼前过，冽泉碧波逐我行。

在那里，我只需沿着水流，就能一窥八节洞的全貌，首先和我打招呼的是刚从好梦中醒来的黑龙潭瀑布，好似一条黑龙若隐若现，摇头摆尾，神灵活现，不停吐出巨大的水瀑，击打着下面的深潭，将灵感源源不断的灌注到我的脑子里，又涌出了《游黑龙潭瀑布》：

清风携雾扑面至，高下分明涛击石。

闻声方知音难觅，枯木回春笑流急。

突然，我意识到，高度决定视角，于是，我顺着石阶，登上了高处，向下望去，吟出了一首《登高直望》：

瀑布叠起千层浪，登高直望方舒畅。

人生只得百年久，流水千古思远长。

站在高处眺望了一阵黑龙潭瀑布，我恋恋不

舍地收回望眼，随意地看了一眼身后的石壁，这才想起自己来到了百米绝壁白云岩边，重温石壁上题刻的清代诗人梁春华诗句，让重游的我又回想起了两年前白云岩的景致。

《重游白云岩》

重游复重游，重游几时休。

白云随风逝，岩壁万古留。

我在白云岩待的这段时间里，其他的景物不停向我招手示意，我只得告别了白云岩，继续像前行走。没走几步远，便来到了蟒童滩，我忆起自己曾经的诗句《题蟒童滩》：

幽悠水声远处景，近看瀑布万马停。

赤色血水男儿泪，却见柔光高处情。

这时，一个特别的瀑布出现了，名字叫做大漩涡瀑布，巨大的水流直冲到蟒童滩上，只听水声却不见了水流，水瀑几乎全部流进了下面的两个洞穴，原来那是水流冲出的两个泉眼，水流从滩头巨石上滑过，再悄无声息地汇入深泉中，我便自作主张给那个瀑布起了名字：龙眼泉。《观龙眼泉》

风吹斜阳竹更斜，山岩微俯抱石崖。

暴雨倾盆堪巨蟒，龙眼清灵观天下。

返回途中，龙岩泉目送着我离开，走向珍珠滩，我站在刚没到脚踝的冽泉中，足下的石块光滑无比，我只得缓缓挪动脚步。《游珍珠滩》

滑石难觅立足处，清流易逝带笑颜。

美玉漂落天连水，珍珠抛洒水遮天。

下午的一阵急雨过后，夕阳的余晖照满山林，时间丝毫不会体谅人，他迫不及待地拉着我向回走，直到黑龙潭我才稍稍放慢了脚步，真正是再次故地重游黑龙潭瀑布了。有了《故人游》：

万点金波击潭岸，千缕翠浪雾遮云。

峰回路转始得见，相逢一笑如故人。

来到含羞瀑和情人瀑，我脱了鞋子走进水流中，抬头看天，低头看水，俄顷风定云凝，夫细观静察者不得见其微动。坐看《云归》：

飞云含笑似有情，覆波微动晚风清。

举头望天忽又变，世事无常阴又晴。

欣赏完老友的藏品——八节洞，他又殷勤地摆出了另一件宝贝——星空图，抬头仰望黄荆老林的晴朗星空，看着你躲我闪的繁星，我心念忽动。《繁星》隐现：

风隐云归忽大亮，月淡星繁满衣衫。

相视一笑即掩去，空留痴人立世端。

繁星笑着，闹着，嬉戏了一个晚上，但我的身体不允许我多熬了，竟强行将我的意识锁在大脑里，我只好去与周公聊天了。

真正的拥有

心理医生接到的病人，大多是些认为自己已经一无所有，对生活完全绝望的人，其实，他们正如某些骑士一样，陷入了一个怪圈——必须拥有某套铠甲才能打败巨龙，而获得那套铠甲的唯一途径就是打败巨龙，他们因为感受不到他们真正拥有的快乐，所以才绝望，而正因为绝望，才不能感受本源快乐。

获得乐趣的方法千千万万，但有哪些能用来充实自己？很多所谓的乐趣如一个个陷阱，太注意反而被牢牢套紧，猎物垂涎功名利禄这些华丽的诱饵，结果被深深套牢，双目圆睁却看不到光明。

但是，谁又能说尘世间没有幸福呢？如果尘世没有快乐，苏轼又怎么能吟出："我欲乘风归去，又恐琼楼玉宇，高处不胜寒，起舞弄清影，何似在人间。"神仙又为什么主动放弃天上的生活，下降凡尘？

看僧，青灯古佛，竹经木鱼，断绝了尘世的乐，却得到了慧眼，得到了安详；看佛，慧眼遥观三界外，大慈大悲，已懂得了顺其自然，明白了痛苦只有自己能为自己减轻，旁人根本无法帮忙，即便帮了，也是治标不治本；看道，长襟飘飘，炼气存神，也是自得其乐；看仙，萧然于山石草木之间，将自己融入到天地里，自由自在。

当一切伪装、一切护甲全部卸下，剩下的，就是真正的你，很多人发现，自己此刻就是一具空壳。当由外界带来的短暂快乐散去，当一个人重回孤独时，当被遗忘在角落里，我们真正拥有的是什么呢？

其实，这个问题根本不需要讨论，什么能让你感到一种神清气爽的快乐，什么就是你真正拥有的东西，如有一个愿为你操劳一生的亲人，那就是你的幸福；有一个能与你同甘共苦的好伙伴，就是你的福气；有一个忠于你的宠物，就是你的快乐；有一个能让你感到幸运的理由，你就是幸运的人。

什么是真正的拥有呢？真正的拥有，就是世界拥有你，而你拥有世界。

老林，老友

第二天，我的老林朋友神神秘秘地把我拉到一旁，指着他的另一件藏品——笋子山老林。

笋子山的山脚下的山路很平坦，树葱竹绿，阔叶树们微俯着向我的头顶靠拢，遮住了半边天，不过，他们要想形成一个隧道，恐怕还要数年之久。阳光灵巧地钻过树木枝叶的空隙，不让绿树遮蔽自己的光芒，路旁的流水也不甘被密竹遮住望眼，如明鉴般将光线引入竹丛，做为回报，光线同意让一部分清泉随着自己远行。阳光分而又合，这才流淌如我眼睛，小小的丛林之中，竟隐隐有布阵之意。

道路渐渐变窄，齐膝高的野草逐渐紧紧相拥，我不忍心打断他们土隔石阻又重逢的喜悦，但也只好道一声："得罪，借过。"疾步前行，这些野草如水一般，诗仙李白曾在《宣州谢朓楼饯别校书叔云》中题道"抽刀断水水更流"，那么我现在就是"拔足分草草又合"了。

我向四周望去，触目是浓郁的凝碧色，真如一杯醇酒，让人怎么能不心醉其中？周围除了绵延不绝的蝉鸣和树叶沙沙的轻响外，也就只有涓涓的流水声了，一来到这里，我在尘世间沾上的浊气尽去，此刻已然身轻似燕，步捷如风，几乎不发出脚步声，看着我渐行渐远的背影，青树翠竹纷纷向我招手示意，相送远行。

又走一程，豁然开朗，原是别有洞天，两峰之间夹着几片云，那几片云被太阳镀了一层金边，阳光极力舒展开来，从浓云的细缝里破出，彰显着大自然的魅力。

上山的路似乎无穷无尽，我小心翼翼地踏着泥鳅般的石阶，一边爬一边挥手驱赶身边的飞虫，正因为我手舞足蹈不老实走路，辛辛苦苦爬上的石阶路差点就会到原点了，我慢慢静下来，突然发觉这些小虫非常有趣，便不再不停驱赶，大概是他们感受到了我的善意，便也不再把我当成停机坪和养料补给站了。我凝神细听，每一只小虫都有一种独特的声音，或洪亮或婉转，或粗犷或细腻，比起其他地方的喧嚣来，自带了一种老林的韵味。

正行处，忽一阔叶迎面击来，我侧身避过，只这一瞬之间，我看到了一只惬意的小生灵——晒太阳的蚂蚁，一见我来，还友好地晃了晃触角，我刚还了礼，一只小蝉儿就大声打起了招呼："爬山累了吧？来，尝尝我亲自挖出来的树浆。"

我一时痴了，环视一周，想：再大的能量也会转化，再好的东西也不能永恒，正如那清泉翠石，只是昙花一现罢了，不过他们在短暂的生命里找到了真我，我找到自己了吗？

那只蝉儿见我不做回应，还以为我嫌弃他，鸣声一收，挪到树的另一边去了。

山路并没有像想象中那么艰险，但我还是煞费了一番周折才攀上绝顶，果真是"这山还望那山高"，我并没能"一览众山小"，总感觉自己站的山是最矮的那座。

后来，我专门爬上另一座看起来最高的山峰，却惊奇地发现，和刚才的感觉一模一样！我明白了，这是山的处世哲学，把自己摆在一个较低的位置，并不是一种软弱，是以退为进，给自己留更多超越自己的机会，往往能得到意想不到的收获。

返程之路总是走的最慢，清新的山风吹得人心神俱爽，翠绿的藤蔓直垂下来，似乎想拦住我的脚步。我虽然也对老林恋恋不舍，但天下没有不散的筵席，该来的总是要来了，谁也逃避不了。

老林见无法留住我，只得端上了送我的"盘缠"——脚下红岩岁已老，眼前碧竹年方少，绕身白蝶扑粉去，翩然紫叶轻慢摇。

送到不能再送了，我们才道了别。黄荆老林，我的老友！愿您风韵永存！

题九间棚

缓步清心缘山行，疾流引至九间棚。
竖来一笔虎添尾，横施双墨龙点睛。
曾逢马良借神笔，勾出此地连珠峰。

拨开新叶细观处，悠闻旧石静眠声。

题朝阳洞

盘古开天斧片失，碎块化此压山石。

石下细缝藏忠魂，深入山林少人知。

制币渡解苦民难，热血淋漓遍地赤。

蒙山脚下朝阳洞，一代先人报国志。

红色金融之旅
——北海银行旧址九间棚朝阳洞记游

金色，代表着丰收和金融，人的一生，多半是围着金钱转；红色，代表着蓬勃向上充满朝气的力量，正是这两种色彩，组成了我们的国旗，这一次金融作家红色之旅就充分展现了这种结合。

我跟随着诗人作家丰沛雪老师一路畅谈，一路颠簸，谈兴未尽便来到了蒙山脚下的平邑县城。短暂的休息后，吃过午饭，随着车轮的翻滚，步伐的起落，不知不觉间，便到了北海银行旧址——朝阳洞。

虽已是秋天，可这里仍是一派夏天的景象，一群群鸟儿被我们的笑语惊得隐到一片绿意盎然中，一只只小虫企图阻止我们落下的脚，却被我们踩进散发着林木幽香的松软泥土中，阳光透过稍显稀松却不失秀气的阔叶林，和朝阳洞里完全是两番景象。

朝阳洞中，久无人烟，有些湿滑，在通向洞内的过道里伸手不见五指，也不知有没有昆虫毒兽，脚下没底心里也没底，不过，这点小困难，难不倒我，外在的危险，心中的恐惧都被我三跳两跳解决掉了。

洞顶上挂满了各种颜色的布条，第一眼看上去还以为是钟乳石，又见到石壁上挂着一张红布，还供着太上老君，又有一张新铺的破木床，仔细一问，才知道这些东西都是为了拍摄电影摆设的。我心想，只为拍一部电影，便破坏了朝阳洞里红色金融旧址的历史文化价值，搞得满洞狼藉，实在是得不偿失。

走出朝阳洞，我仔细观察了一下这座山，这

山顶果然是个好地方，一块巨石犹如一个天然保护盾，虽然遮挡了许多阳光，却让敌人无处寻觅。据说，朝阳洞飞机轰炸不能伤损分毫，地面搜寻更是无缘相见，就在这阴暗潮湿、道路崎岖的小山头，印造了大量的钱币，大大缓解了当时粮食、武器短缺的状况，为抗战胜利尽了一份力量。

离开朝阳洞，乘着清爽的秋风，大部队一路迈向九间棚。这一路上，九间棚刘嘉坤书记给我们讲了许许多多严肃动人的故事，也讲了许多让人发笑的趣事。

路上，作家们讨论起作品来，称赞其中一位的作品清醒，什么都看得明明白白的，我由此想到一句话——看世事如观泥潭，视太清反得到一片浑浊；处世事如涉泥洼，奔太快反惹得一脚污垢。

山里最夺目的当然是树，两边看去，最多的除了桑树便是山楂，初秋时节，桑树已稍显老态，而山楂还裹着青衣，没有成熟，我在想象那青山楂的味道的同时，又想到——人的一生，就像山楂，没成熟时甜涩，成熟后便是一种浓浓的酸，细细品尝，又有一种淡淡的甜香，好多人都是小心翼翼地一点点咬下这人生山楂，刚刚尝到酸味，便面露苦色，恨不得一口吐掉，哪里能品到那淡淡的甜香？

正在我遐想时，九间棚近在眼前了，刘书记告诉我们，这个天然石棚本来只是一块巨石翘起的一个避风港，据猜测是一群逃难的人躲到了这里，也有人说是讨饭的，但是这种说法根本不成立，因为如果是讨饭，他们为何会在这个荒无人烟的地方停留，又为何住在大石头底下？很显然，是一群有能力的人，为了逃避什么事情，才躲到了这个荒凉却安全的地方。

我在每一间棚子里都仔细观察一番，那些棚子虽然年代久远，却仍然十分坚固，真是麻雀虽小五脏俱全，厨房、卧室都安排得十分合理舒适。当这些原住民离开了这些石棚，到山上安家落户后，这些棚子也被当做了教室。刘嘉坤书记也作为第一批学生，很自豪地为我们介绍着供他读到三年级的小学堂，眼睛深情地凝视着九间棚，两手挥舞着，似乎在回忆什么。

走出九间棚，我们又在沿途参观了一些旧村居，那些房屋都是第一批搬出九间棚的人盖的，没有一丁点水泥石灰在石缝中加固，全凭一块块石头垒砌起来，竟造出了如此坚固的石头屋。

快天黑时，我们一行来到了一处农家乐，举行了一个座谈会，作家们纷纷发言后，本沉浸在他们如秋雨一般的话语中的我，精神头突然被一声洪雷提了起来。原来是刘嘉坤书记开始发言了，他整个人都给人一种豪爽精神的感觉，讲话素朴动人，大家都情不自禁地鼓起掌来。

第二天我们先去参观了一个红嫂纪念馆，在那里，我见到了许多舍己为人品德高尚的红嫂，她们为国家作出了巨大的贡献，却很遗憾地没能享受新生活，她们忍痛舍弃自己和自己的的亲人，只为革命战士们能活下去，实在令人敬佩。

参观完红嫂纪念馆，我们去了竹泉村，竹泉村真不愧竹泉村这个名字，碧竹连天，清泉遍地，玩水的孩童，赏水的游人，尝水的旅客，零零散散的行走在竹泉村中，同竹叶、泉水混在了一起。

我这个年龄，错过了玩水的雅兴，也没有赏水的境界，只好凑在一旁看热闹，或是爬上爬下，要么就闲在小摊前，寻觅一两件纪念品，享受着竹泉村中的清凉与乐趣。

当然，童心未泯的我，看到了一把小袖剑，便把它买了下来，还怕别人笑话，偷偷将那袖剑藏到了包里。

　　很快，欢乐的时光匆匆流逝，我告别了那些境界非凡的作家，回到了我那平凡又不简单的小天地。

拓展训练有感

　　临沂十二中八年级开学后五天的拓展训练，如梦一般进行完了，感觉就如灵魂脱离了身体，跑到了另一个空间。

　　除了课堂上得到了极大的放松，课下也变得十分规律，完全不需要费尽心机，仔仔细细紧紧把握时间，自然有各种各样的信息会提醒你，比如课间，一首首美妙的歌曲，即让你感受到课间的愉悦，又让你不会不知不觉误了点；早晚按时作息，都会有嘹亮的声音提示你。

　　没带如何能提示时间的工具的我，甚至只知道到什么时间该干什么了，而不知道具体时间，这使我感觉一切都有条不紊地进行着，却不那么一板一眼，令人紧张和疲惫。

学生们有充足的时间在学校里转悠，教室不是固定的，也不需要什么什么课本，流动性更强，却更容易控制，在这里，不像哈佛那样，人人都接近崩溃，四处静悄悄的，也不像集市那样闹翻天。人人都能尽情发泄，又能丝毫不影响他人。

让我吃惊不已的是，我们班大致均分成了两个班，每一节课老师还是不停念叨着'你们班人太多了，所以只能……'，天哪！一个班四十个人，曾经是我的一个梦想啊，现在实现了，倒不觉得兴奋了。

这里的课程仿佛让我置身于一个松紧有度的人，强度足够甚至富余，而不觉得疲劳，我日常忽略的东西，都在这里像挖宝藏一样，被挖掘了出来，所有的课程，都是真正的素质，都和分数毫不相关，有句话叫做"艺多不压身"，能力的价值在这里体现了出来。

同学们普遍认为这里什么都好，就是不能回家见家人，学校里的宿舍虽然好，但哪里有家里舒服方便？学校里的伙食再丰富，哪里有家里吃的舒心？同学们虽然友善，但哪里有父母无言的爱让人感到温暖？到这里好是好，但就俩字儿，想家！

于是我想到，要是把学校搬到家旁边，或是我现在的学校把所有课程都改成那个样式，那该多好。

填鸭式教育让我们知道的越来越多，却越来越幼稚，但那些知识不学也不行，只是我们的大脑通常缺个能量转化器，把知识变成智慧，这个转化器就是实践，实际应用中，不知不觉，就熟能生巧了，毕竟再发达的大脑也不可能只靠空想，就产生出能力。大家都知道，无论什么，都需要休息，转化器也需要定期休眠，才能更好地调出精力，以饱满快速的状态工作，若一味贪多，明明很累了，可还要坚持着那所谓的"多一秒是一秒"，真是可笑。

两种方式各有利弊，那么，能否把他们结合一下呢？各占半天，利用上午精力好的时间学习知识，下午则用训练能力的放松方式来缓解一上午的劳累，再加上一整晚的休息，让第二天有精力学习，或者上午调动起一天的精力，然后在下午用这股精神头学习。还有定期和同学住在宿舍里，总之，能体验的应该应有尽有。

照我的年龄，现在想起这个，已经有些晚了，但愿以后的人们能享受这种生活。

观太空授课有感

太空是个奇妙的空间。质量变轻、物体悬空、丧失方向感、水的张力大显神威等等如梦幻般的现象都在这里齐聚一堂。王亚平阿姨生动的讲解、聂海胜叔叔奇妙的表演、张晓光叔叔精彩的拍摄，都给了我深刻的印象。

我国首次太空授课的成功，让我们对太空这个神奇世界的了解和探索又进了一步，当看到三位肩负着伟大使命的宇航员出现在银幕上时，我被深深地震撼（感动）了，同时，也被航天人员辛勤的劳作、巧妙的智慧和巧夺天工的技艺打动。若有一天，我也能像他们一样登上太空，那将是非常幸运的。

太空是个藏宝库，里面有无穷无尽的秘密，等着我们揭开它们的面纱，希望有一天，我们能利用好太空，造福人类。

最后，祝福三位光荣的航天员能够胜利凯旋！愿他们在太空这个奇妙的空间里，过的开心愉快！

初中开学军训有感

有人说，城市里的孩子是温室里的花朵，美丽而脆弱。三日的军训，让我更加相信这句话。烈日当头，饥饿和口渴像两只巨兽，张开血盆大口，吞噬着我们的意识，我这才明白，世界上还有许多东西等着我学，还有很多苦等着我去感受，人生的路，还远着呢。

军训时，我们像一群南归的大雁，随着口令做动作，整齐划一，颇有正规军的气势。吼一声，让天空也发抖，迈一步，能让大地也动摇。这都是辛苦训练得来的成果啊！为了做到这一点，我们不知道流了多少汗水，下了多少苦功夫，忍住了太阳的烘烤，抵住了菜香味的诱惑，这才练成了成绩。

如果说我们的队伍是一个马群，那么，就一

定会有几匹害群之马。因为我们军训的教官不够威严，有些调皮捣蛋的同学就故意挑战教官的权威，说些不三不四的话，故意不听指令，让教官大为头痛，让我们都不能正常训练和休息，而他们则一脸的得意，好像自己让别人注意到是一件很光荣的事，大家哈哈一笑都很快乐。那哪能算是马群中的害群之马，简直是混在马群里的小毛驴！

说完那些不和谐的小插曲，我们来玩一个游戏吧！一位"黑教官"带着我们做游戏，他让我们手拉手围着他转，让圈越来越小，最后，我们转过身，将双手放在前方同学的肩膀上，一听口令，就往后面的同学的腿上坐，第一次，很多同学坐不住，掉了下来，让一个整齐的大圆溃不成军。

"黑教官"总结道："知道我们为什么会失败吗？正因为我们彼此之间不信任，你认为后面的人一定接不住你，所以不敢坐，前面的又压过来，一下子坐不住，就倒了，这上下不是一条心的军队，怎么能打胜仗！再来一次。"

这次我们放心大胆的一坐，果然稳稳当当，

像一道城墙一般。

玩过了游戏，再来唱首歌吧，我们席地而坐，拍着手唱军歌，我感觉我们不是在操场上军训，而是在军队里训练了。

"集合！"李教官一声令下，我们迅速集合，继续军训。

军训时光，有悲有喜，有爱有怒，有放松，也有严肃，丰富多彩，虽然累点儿，苦点儿，但也值得我们去努力！

开学季志愿服务

今天，是中学报到的日子，我光荣地成为一名志愿者，为学弟学妹提供帮助。我被分配到宣传栏那里负责解说。

我的职位在所有伙伴中，看来是最轻松的了，看似不需要磨破嘴皮劝说谁干什么，也不用在烈日炎炎中转来转去，只需要站在树荫中，偶尔解说一下，何况现在人，文化水平高了，也没什么看不懂的，工作也就更清闲了。

好景不长，不一会儿我就真正体会到了"家家有本难念的经"这句话，我那里没什么活干，可这正是最让人难受的地方，那个角落虽然没有阳光的曝晒，但十分阴暗潮湿，燥热难耐，而且，只有偶尔几个家长来问一两句话，而且还总是重复那几个问题。最难受的还不是这个，而是几个小时不能怎么动，膝盖站得又酸又痛，浑身不舒服！

不过我的身板还算不错，早上几乎一动不动站了五六个小时！我有很多次想罢工回家，也有无数次想坐下歇一歇，可我控制住自己，一直笔直地站到中午休息。

中午也还算好，一人一盒盒饭，也勉强塞一塞肚子，若不是休息到下午两点，躲过了太阳最毒的时候，也给了我们充足的休息时间，大家肯定会被晒成人肉干！

下午的工作，明显轻松的多，只需要站在中学门底下，控制那里的交通就行了，家长不让进，只能学生通过，为了锻炼学生的自立能力，出来时，为了防止拥挤混乱，无论谁都得走旁边的一条路，下午人比较少，也比较配合，所以，我轻轻松松就完成了任务，本当我因为能"一夫当关万夫莫开"时，七个人分三波硬闯了过去，让我感觉很失职。虽然也很轻松，但一下午，天气炎热干燥，我还要不停给来来往往的新生和家长给予提示，口干舌燥，若不是我以坚强的意志顶住了苦难，可能没一会儿，就累趴下了。

幸好，没多久，送走了最后一批来报到的新生，一天的劳苦终于到了头，不过强烈的荣誉感让我舍不得摘掉我们的标志——绶带，最后，我也只好满怀着轻松而又失落的心情，回归了平凡的自己，有聚就有散，与其依依不舍，不如痛快点歇着去。

完成工作时才四点多，爸妈都还没回家，我就和九班的周平然同学聊天，谁知正是"酒逢知己千杯少"，何知夜晚已来到！不知不觉，到了六点半多，我垂头丧气地回到家，本以为会狠狠挨一顿骂，谁知却盼来了两个大好事——第一，本来十分担心的父母，见我平安回来，也就放心了，并没有像我想象中的那样一顿臭骂；第二，酷爱刀剑的我得到了两把龙泉宝剑和一把宝刀，还有一个藏着短剑的龙头拐杖，哈哈，真是喜从天降，这些兵器平时得卖几百块钱，可由于他们店马上要拆除，只收了几十元，爸爸说，这差不多就是在大街上捡来的，就知道我会喜欢。

那把刀有些老旧，不结实，结果一番修理后，结实是结实了，但一个无用的零件在里面乱撞还拿不出来，叮叮当当地响，我心想，既然没办法了何不乐观一点？于是，这把刀有了一个新名字"叮当刀"。

我觉得，这份礼物是我一天辛勤劳作得来的奖励，看来，只要真心实意，快乐地劳作，无论早晚、以什么方式，终会给你丰盈的奖励，就看你能不能坚持到最后一刻。

高原马魂

——忆内蒙古坝上草原骑马

一匹高原上的马，名字叫阿拉，在不羁的高原马群里长大。

只希望风餐露宿，不求富贵荣华，历遍了风吹雨打。

以风尘为伴，食草茎草芽，盼着草原上多添几朵小花，让茫茫大草原变成一幅壮美的图画。

阿拉爱和长辈说说话，边聊边耐心地等小草发芽，生活美得像糖在热咖啡里融化。

生活总在不断变化，阿拉也不再是一匹天真稚幼的小马，老天悄悄在热咖啡里加了一把朝天椒，要让阿拉尝尝辣。

阿拉一夜间沦为养马人的奴马，自由不再，留下的，只剩空虚的喧哗。

从此，拳打脚踢代替了风雨的洗礼，阿拉的生活，除了忙碌辛苦挨鞭打，再无其他。

鞭印深深烙在身上埋在心下，刺痛了阿拉渴望自由的灵魂，如一滴滴水渐渐撞开了枯井的闭塞，阿拉的心灵需要升华。

时间可爱也可怕，阿拉在这迷茫中愈长愈大，它成了一匹壮马。

养马人"精心"地照顾它，却也拦不住阿拉奔向自由坚定的步伐。

小狗也嘲笑阿拉："你只是一副空骨架，干着驴的活，还说自己是马！"

阿拉回道："我现在虽然只是驴的身价，但不久，你和你的主人都要拜伏在我的脚下！"接着便再不答话。

终于，机会来啦，冲出禁锢的阿拉，如山洪暴发，脱去一身沉重的护甲，奔上山崖。

养马人气得要爆炸，他还等着把阿拉卖个好价，小狗也不甘落下，急忙随主人去追赶阿拉。

阿拉可不怕，它埋着头旋风般一跃，养马人和狗就伏在了它的身下。

山上的石块一滑，翻着跟头碾扁了想以金钱换自由的傻瓜，让自由的灵魂永驻天涯。

阿拉披着彩霞，飞向那闪烁着自由之光的家，大草原滋养着小花，也哺育着阿拉。

新生代小马也在不知不觉中长大，它们常陪阿拉对草原细细观察，这让老阿拉又能像幼年那样笑哈哈。

阿拉老啦，它的心却永远是一匹小马，被奴役的印迹虽不可蜕下，但阿拉的心已无比强大。

阿拉一生被老天捉弄，被同伴笑话，这些都不能打垮它，它不只是高原马阿拉，更是高原马魂的精华！

骑行蒙山有感

多姿多彩的暑假令人难忘，旅行丰富了我的假期时光，最值得一提的还是我独自跟着专业骑行队去蒙山的那次经历，往返 200 公里感受骑行之乐。

早上七点，我跟着雅驰骑行队一起出发了，看着身边飞驰的车队，身处其中的我顿生"万里赴戎机，关山度若飞"的豪情，谁知天公不作美，下起了瓢泼大雨，第一次长途骑行的我还是被劝进了保障车里，我的雨中骑行梦只好作罢，眼睁睁看着那些叔叔在大雨中如飞般蹬着自行车，心里别提什么滋味了。

五六个小时后，到了蒙山。大雨越下越小，终于，乌云散去，太阳迷迷糊糊的光一瞬间扑到大地面前，原先的潮湿和沉闷被一阵清新和温暖代替，虽然没能一路骑行到蒙山脚下，但从山脚下骑上山顶说什么也不能错过。

吃过午饭，我们准备骑车登蒙山。大家说山

路崎岖危险，都劝我放弃骑上山顶，幸好有一位叔叔全力支持我挑战山路，我才得以有机会骑车登山。

好景不长，我们刚开始骑车爬山，太阳就像被谁罩了一层放大镜，出奇的热，让人不禁想起那个太阳和北风比赛的故事，而此时，我似乎更喜欢北风。山路的坡很陡，每蹬一下车，就感觉腿上的肉像烤得炸开的烤肠一样，只好骑一阵推一阵。

看着一条条上坡路，一个个大拐弯，稍远处甚至可以看见热浪，山顶仿佛遥不可及，那些队友都劝我放弃骑车，但我还是一步步咬牙坚持，不断地告诉自己"不能停"！在我气力接近衰竭时，终于骑到了山顶。也许是胜利为我注入了一股神奇的力量，本来快要散架的骨头，就像每个关节都涂了"粘合润滑油"；本来快要倒下的身子，就像突然吃了什么灵丹妙药，一瞬间又充满了力量。

当晚，我们宿营在山腰的"农家乐"，林间的吊床让我们玩得不亦乐乎，或者躺着休闲聊天，或者轮流体验"躺着荡秋千"，快乐的睡前时光就这么过去了。

第二天返回时，大家整装待发，我更是卯足了劲，出发前还在鼓励自己："爬山越岭都坚持下来了，八十多公里平路肯定是小菜一碟！我一定要骑回去。"

这一路，我才明白，原来，团结力量大，跟着车队是多么幸运的一件事，我可以把所有力量都用在骑车上，还能少受许多风的阻力，队友们故意放慢了速度不露痕迹地等待我，也让我感受到了队友的关怀和鼓励，第一次骑行的我能与这些经验丰富的老骑手一路随行，更坚定了我一路骑回家的信心和决心。

一路上，我们如一匹匹"骏马"，跑上十几公里歇一歇，很快出了蒙山。快回到终点时，我的意识似乎有点模糊，而我仍然努力保持清醒，追逐着前车的后轮子，心想如果我的前轮碰上他的后轮，会怎么样呢？看着前车飞转的车轮，我脑海里浮现出了太极图，是的，每个太极图都是一个独立的个体，然而每个太极图都包纳万物，黑色的半块到了顶端，接下来就要下落，下落到尽头了，又要开始上升，白色半块亦是如此，周而复始，不断运转，生成万物。太极图如时间不能倒转，所以一旦错过了某个点，想再转回去，就只能再来一圈，但那个点也不再是原来的点了，急急忙忙地转圈，看似充实，其实是因忙致盲，欲速而不达，错过了其中的美好，所以，慢慢地转，好似是大闲人，其实，大智闲闲嘛，慢半拍，常常能得到不一样的收获。骑自行车也一样，必须找到适合自己的踏频，慢慢来，一点点着力，不急不躁才能骑得又快又稳，自己能够独立也要能够借助他人之力的人才是强者和智者。

一路归来，我感觉自己真是个英雄。只不过英雄不是随便当的，一路上流出的汗水可能足够痛痛快快地洗一个澡了。

这趟旅程，锻炼了我的体魄，让我学会了独立、坚持、勇敢，更让我坚定了信心，人是必须走出家门才能长大的。

天使梦·天使颂

你的脚步如此忙碌

你的信念如此牢固

你的守护让死神望而却步

你的严谨彰显着翩翩风度

你的奉献让青春风采别具浪漫

你的坚忍让天使之翼更宽更远

你的圣洁点燃生命之光的火焰

你的快乐如此简单

你的笑容如此温暖

你的感动如此平凡

你的魅力把夕阳浸染

你的精诚将水滴石穿

你的真情犹如雪中送炭

你的大爱福泽宽广无边

你的"情"让天使之爱万口流传

你的"梦"让天使美名人人传颂

"你是天使啊!"——与健康同行

——与生命相伴永远永远……

天使梦·天使情

　　远方闪烁的，是烛火吗，是灯笼吗，是星星吗？不，那是白衣天使的脚步！是生命的烛火，是守护的灯笼，是无言的星星！你的脚步，如此忙碌。

　　拯救疾苦的，是技术吗，是药物吗，是奇迹吗？不，是白衣天使的信念！是你们用唤醒生存意志的技术，把真情化作药物，用信念点燃生命的奇迹！你的信念，如此牢固。

　　抵挡死神的，是剑戟吗，是盾牌吗，是距离吗？不，是白衣天使的守护！是你们用爱做剑戟，用深情做盾牌，划开了生与死的距离！你的守护，让死神望而却步。

　　彰显风度的，是遇到责难时的隐忍吗，是准确把握时机吗，是心理上的疏导吗？不，是白衣天使的严谨！你们用笑容包裹责难，用谨慎把握时机，用关怀疏导心理！你的严谨，彰显着翩翩风度。

也许浪漫是烛光晚宴，也许浪漫是一句温言，也许浪漫是一束玫瑰，而你的浪漫，是在病床前挑灯夜战，是在患者心灰意冷时一句及时的鼓励，是在成功后患者家属送上的一封感谢信。你的奉献，让青春别具浪漫。

天使的光辉在于心灵，多少次的翘首企盼，却等来一声声怒喝，一条条投诉，但你们可曾有半句怨言？不，你们的脚步只会越来越稳，你们的爱只会愈来愈坚定！你的坚忍，让天使之翼更宽更远。

什么是圣洁？难道是心无杂念？不，心无杂念的是铁石。难道是一尘不染？不，一尘不染的是虚空。难道是洁身自好？不，洁身自好的是墙角野梅。那什么是圣洁？白衣天使说，"点亮生命！"啊！你的圣洁，点燃生命的火焰。

什么样的宝物能换来永久的快乐？什么样的施舍能换来真心的笑容？什么样的话语能换来诚挚的感动？你用行动证明了生命的可贵，让自己赢来了快乐，添上了笑容，获得了感动。无论如何，你永远是人生的赢家！

就是那么一颦一笑，把温暖洒满人间。是西

施在世，是仙女临凡？不，是白衣天使在践行职责！你的魅力，把夕阳浸染。

用多少水滴才可以磨穿一块石头？小溪把山石浸得闪闪发光，江河把巨石卷得连连翻滚，大海把大半个地球都踩在脚底。他们拥有无尽的水滴，可我们要找的穿孔之石呢？是谁叩开了患者的心门？一瞥眼间，原来，在那不起眼的角落里，还有你们为了梦想坚定地努力着。你的精诚，将水滴石穿。

卧冰求鲤，千里鹅毛，礼轻人意重。究竟是谁让绝望网开一面，是谁让痛苦烟消云散？是你啊，白衣天使！你的真情，犹如雪中送炭。

一场春雨，一阵秋风，萧条的大地啊，是什么力量让你重获光华？那润物细无声的情怀，是怎样的涵养与热情？你的大爱，福泽宽广无边。

人为什么要生活？因为我们还有梦！我们还有爱！你的追梦，让天使之名大放异彩。你的深情，让天使之爱万口流传。

你的"梦"，人人传颂。啊！你是天使！白衣天使！与健康同行，与生命相伴！永远永远……

观蔡礼旭老师讲国学有感

第十四集

蔡老师说，没有绝对的对与错，是因为所处的立场各不相同。"人非圣贤，孰能无过"？再小的过误，也可能造成不可弥补的后果，因此，君子方需谨言慎行。

过错，并不是小心翼翼便能避免的，人总有犯错的时候，哪怕是"吾日三省吾身"，也总有反省不到之处，那么，便需要旁人予以劝告。然而，人们的立场与见解不同，并非人人对每件事都能虚心受劝，比干挖心，龙逢被戮，如果劝谏没能选对方法，甚至触怒对方，劝谏，便会起反效果。

正如老师说的，劝诫别人，要先赢得别人的信任。爱是相互的，假使亲人没有真心的关怀与付出，那么再真诚的劝谏，也会让人无从消受。

第十五集

随着蔡老师纵览古今，孝子贤人，让我深刻

感觉到了差距。

蔡老师说，"福田心耕"，有时候，看似是吃了亏，实际上是难得的福分。为了"正"与"洁"，

可以低廉，却不能低下，努力了不一定成功，但没有"节"，便连努力的机会都没有。

古人语"祸福相依"，"由俭入奢易，由奢入俭难"，身边的事物纵使无关紧要，也会或多或少的对人们产生影响，当一个人变得傲慢、轻率，便到了还债的时候了，正是"人不可有傲气，但不可无傲骨"。

所以蔡老师说，礼仪，不是按照固定的模式做出来看的，而是自内心生发，自然而然的一种感情流露，没有真诚，人心便不会厚道。

第三十四集

蔡老师说，犯错并不可怕，可怕的是不知悔改，甚至不知道那是过非，更可怕的是，被过误影响。假如已然知道所为并不正确，但还是去做，这便是恶行。许多时候，我们明知道所作所为可能造成恶劣的后果，却压制不住脾气，往往事后

难以弥补。

人类自树上林间，到跃马平原，一步步走到如今，所依杖的，便有一个字，"改"，孔老夫子说，"赐也！女以予为多学而识之者与？"，"予一以贯之。"看这"儒"字，便是读书学习之意，故用为学派之名，所在的，便是一个改字，人的学问再渊博，终究有触及不到之处，但只要过而能改，一以贯之，便成了包罗万象，无所不有，为人自然也就可以说没有过错了。

第三十五集

当婴儿降生，呱呱坠地，所拥有的只是潜力，有人说"性善"，也有人说"性恶"，都无所谓，"人非圣贤，孰能无过"，"过而能改，不亦圣乎"？既然做错了，自己懂得改正，身边的人会规劝，长此以往，自然"德日进，过日少"。然而，若是去文过饰非，不但于事无补，还增加了一项过错，且以后过误依旧会重演，又得到了什么好处呢？

正如蔡老师所说，无论做学问，还是任何的领域，首先都要戒骄戒躁。首先便要自我规劝，若是听多了阿谀奉承之声，意识不到自己所处的位置，以及需要努力的方向，忠言自然便难以入耳，难免是个"小时了了，大未必佳"了。

诚，不止对人，更是对己，推己及人。

第三十六集

人与人之间的联系是相互的，劝阻别人，自然也会有人在你出错时劝谏你。

如同季羡林老先生的儿女回忆自己的父亲时所说，他们的父亲教育他们做善事，无非是帮孩子培养一颗善良仁厚的心。

"泛爱众"，与墨子之所提倡的"兼爱"相同，如此，对恶人，或对敌人，是否也要讲仁？如"宋襄之仁"所言的宋襄公，将仁慈当做盲目与软弱，让国拥公，引来杀身之祸，泓水之战，又"心慈手软"延误战机，一路走向了灭亡，从某种意义上，也算得上是谨慎仁厚，君子之行，可为什么落得那样的下场？

就像蔡老师说的那样，仁，不是懦弱的代名词。只要心中有善念，便能够用善意去唤醒恶背后的善。

"莫道群生性命微，一般骨肉一般皮，劝君莫打枝头鸟，子在巢中望母归。"

第三十七集

正如蔡老师所说，我们都是生存在同一个地球，同一个天地之间，应该要休戚与共。曰"天同覆，地同载"，大家本来如一，哪里能分什么彼此？人为什么不能容忍吃人的行为？因为他们自己也是人，也属于可以被吃的范围，那么，除人以外的动物，又何尝想因为被吃而死，将所有的学识，所有的本事，所有的未来，拿来填了别人的肚子呢？

《弟子规》中有云，"行高者。名自高。人所重。非貌高。才大者。望自大。人所服。非言大。"春秋战国百家争鸣，思想家们便意识到了"名实"的重要性，放到人身上，人的名声，与本领是相应的，而非外在的样貌，凭借的，也不是空洞的吹嘘。

过分的膨胀，最后不是泄气就是爆炸，努力，才是让我们终身受用不尽的宝物。

第三十八集

值得敬重的，是本领与德行，而非单纯的外

表。项王力能扛鼎，横扫千军，男儿气概，及虞姬，又柔肠百结，自然为人所崇敬，而晏殊、蔺相如之辈，赞誉亦是良多。然而，秦桧奸贼，纵然字体与米芾等人齐名，甚至到了官用的地步，他的字体也是被称作"宋体"而非秦体。

《论语》中说，"君子之德风，小人之德草，草上之风，必偃。"君子指官员，小人指百姓，君子之德如风，小人之德如草，风在草上吹，草必然偃伏，表示上行下效。蔡老师说，有德行者一定要有真实的道德学问，如此自然而然地就会达到"桃李不言，下自成蹊"的效果。

"势服人。心不然。理服人。方无言"。

第三十九集

之前，蔡老师便讲解过"仁"字含义。"仁"，会意字，两个人。哪两个人？"己所不欲，勿施于人"，"己欲立而立人，己欲达而达人"，即使处处替人设想，存心仁厚，而且处处谦卑，能够以身作则。

稻穗越饱满，头压得就越低，不仅仅告诉我们要谦虚，更是说有所得，必有所失，获得更大的好处，自然也会有相应的负担，故此陶渊明大叫，归去来兮！安能为五斗米折腰乡里小儿，不如归去！李白在《梦游天姥吟留别》中写道："安能摧眉折腰事权贵，使我不得开心颜？"

德行，有一条便是谦卑。同时，"果仁者，人多畏；言不讳，色不媚"，掩饰与伪装，连见到真实的自己尚且不能，岂有能算得上德行的道理？

第四十集

蔡老师说过，人与人相处，就一个"忍"字，一个"让"字，先爱人，然后能忍让，待人，应若"野老"杨朱，融入，而不触犯，"不忮不求，何用不臧"。

有道是"能亲仁，无限好。德日进，过日少。不亲仁，无限害。小人进，百事坏"。《朱子治家格言》中有提到，"狎昵恶少，久必受其累"，正是"近朱者赤，近墨者黑"，看一个人的品质，有时便可以从他身边的人处看出端倪。

然而，如蔡老师说的，这并不是铁律，各人自有差别，且很多时间，人们并不能很自主地选择去与什么样的人交往，如此，便更需要进行选择。

选择同伴，首先要认清自己。所谓"暴虎冯河，死而无悔者，吾不与也"。倘或荆轲认清秦舞阳，沉心等候盖聂同行，焉知斩不得秦王？

"劝君莫惜金缕衣，劝君惜取少年时。有花堪折直须折，莫待无花空折枝"。

国学共成长

2016—2017年度高中时期作品。 所谓水平之进步，多在审美之成长，审美之成长，多在眼界之提升。以此推之，作文之事，水到渠成，源流不至，开渠亦是枉然；源流不竭，虽息壤之筑，难遏其流。是举其可贵者，殆不受曾经框架之限，革故鼎新，不断有所突破。

元无

无为主，有为客。

本无，而有寄之，处其间。

无无斯无有，以无所寄故，无有即无。

星之在野，有无，斯存。是无无，斯有无
所存。

器以坚者，当其无，取其气，大空，以无损
于形。是无有，以无损于无。

无维元无，谓之太初。

浣溪沙·山寺客居

木鱼声起三更寐，青灯雾佛照轸寒。泥径黄
服向小潭。

中庭雨过梨花夜，山寺清明弄晚岚。童竖缁
衣促捕蝉。

夕月

桂花秋雨打贫骸，市酒拜月天子台。

儿童掩耳惊细语，村妇诳言倚户裁。

促织草长灯烛夜，燕傍人家水傍田。

稻低瓜落银蟾满，久使旅客望归来。

杜宇

　　杜宇又名杜鹃、子规、子鹃、布谷、催归等，相传为古蜀国开国国王，始称帝于蜀，号曰望帝。晚年时，洪水为患，蜀民不得安处，乃使其相鳖灵治水。鳖灵察地形，测水势，疏导宣泄，水患遂平，蜀民安处。杜宇感其治水之功，让帝位于鳖灵，号曰开明。杜宇退而隐居西山，传说死后化作鹃鸟。每年春耕时节，子鹃鸟鸣，蜀人闻之曰"我望帝魂也"，因呼鹃鸟为杜鹃。

泛泛杜宇，至春则啼。

婉娈处子，钟鼓之灵。

穿山求之，在岭之南。

黯然养（恙）然，叩以委心。

布谷布谷，宄人之欺。

匪我不欢，黠狸之故。

昔我为君，今为蜀魂。

环麓放悲，天其永违。

倩倩故相，旧有辞文。

我偎我爱，仙圣之臣。

十年拂（弼）佐，问以至尊。

体务之劳，不足见是。

德行之美，不可久猗。

殃我国人，乱及妻子。

再三回之，坚城不内（纳）。

歔欷哽咽，意瘁神疲。

殁化阳鸟，九天唁来。

子规命我，复言杜鹃。

瓦釜之鸣，有若洪雷。

黄钟缶破，乌有容形。

天极斡维，焉有所系。

晏来曷咎，须有所止。

执我扬戈，修我干戚。

自为之祸，为我自饮。

更用何言，皓首啼血。

题对两联

纸墨难描落雁姿，无缘恨君相见迟；

马蹄声声离人嫁，塞外始听琵琶曲。

二八更不事二夫，无声琵琶欲语迟；

雁落难沉离人指，塞上南风懒翻书。

报童姣娇

报童姣娇，有类蝥蛧。懭悢膡兮，清矑峨眉。

报童瞒瞒，有类癃闼。颣预瞑兮，陜陜捄之。

报童怜怜，有类蘼芜。顣颔睹兮，汛汛空谷。

《心经》初悟（两首）

了悟空色法自然，心无挂碍如明鉴。

参透玄关登极乐，功成行完满大千。

菩提终成佛化数，无象无形了真悟。

世本无尘亦是尘，垢净无多自如如。

咏寄春君

童子爱花魁，求之罗浮仙。

早开冰魂处，幽魄霜女颜。

冷照囚疏影，寒光逸暗香。

忽恐乱清气，敛息坐客观。

附：题联三对

1 司晨吞日月，御门唉山河。

2 抚琴长舞鹤，焚香广念书。

3 黄耳腾踞韩卢吠，巽羽逾越瀚音啼。

玉楼春·岁戌

瀚音逾越知时畜，韩卢深卧草横斜。

皓魄天子催信使，早拜黄耳叩陆家。

烟流慢教分曲水，一夜遍访洛阳花。

弄影秉烛御门吠，虚冲无处觅银沙。

蘑菇

雨过天晴

露珠那么晶莹

与天气耗体能

敢说一定行

启迪如一场梦

穿布衣当富翁

行动就是一盏灯

留心身边浅坑

防微杜渐

承受住细雨春风

纸鸢

纸鸢盈盈，风之举止。匪风之举，丝之牵止。

窈窕飞兮，徘徊绕止。岂有言兮，约以契止。

伊思不去，旋旋归止。岂有终养，弃丝纵止。

丝之竭矣，其系修止。风之极矣，其力绝止。

牵人引兮，鸢亦来止。牵人离兮，鸢亦游止。

游不顾兮，却而歌止。焉有所慕，牵人系止。

一映秋水

纷纷敝叶聚复离，冷落芦柳飘零去。

低燕翻飞寒菊里，绛桃无意留人住。

星火燎原冰决袂，动地黄沙水袖衣。

索然池沼邀凉月，浅笑轻吟不胜杯。

烟煴歌
——题贺父亲生日

天道以圆，地道以方。天覆地载，烟煴玄黄。

共工触柱，天地始倾。天倾东南，地陷西北。

星河倒竖，江海进流。山岳摇撼，丘泽突起。

天折其柱，难得以衡。地绝其绳，难得用命。

万世之家，盈室其兰。处不觉馨，久自袭人。

题父母结婚十七周年

大木兮紫荆，铃兰兮方成。

朱颜兮未见，望君影兮相倾。

采花相兮风信，焯旸谷兮凤凰。

曳曳兮鸢尾，顾东南兮扶桑。

拒霜兮百年，依米兮花坊。

十七载兮木槿，朝天子兮女贞。

藏仙丹兮龙船，把金盏兮长春。

槐桂子兮无患，折孔雀兮杜鹃。

杜梨兮银杏，拟我生兮木栾。

愿瑶池兮下降，祈常驻兮夕颜。

火棘兮女萝，满天星兮玉兰。

鹿箭兮美人，长客世兮水中仙。

与沈石溪文

予其有幸，尝读先生文，放神焉若游旷野，攀藤徒行，若有攸往，长有目不交睫者。先生之作也数载，循半生之脉络，察一叶之文章，是予虽幼不慧，颇有所慕。

物道有常，大块伊设，万物生焉。生焉而不居，或谓不盈。人之既长，案云"天、人、动物之和谐"者，窃以为不然，其人则无茹毛而饮血耶，安用别之而后和，是予之不解一也；鄙万物而言避之，而后云"平等"，独以己身，茕茕孑立，如隐乎野之隅，而吁曰："微吾道也与同者！"不亦顿乎，诚予之不解二也。

既有所思，而后能作。夫婴儿之未孩，尚知效仿，盈盈之童，不惟法耶。望启明之所在，先生之劳，虽不自知，善莫大焉。窃闻前人之法，后人效之，前人之迹，后人辙之，比及闻道，亦其先后之别耳，途沴，人莫知其道，先生道之，后辈敢不竭诚以蹈之哉。

丈夫于国

——浅说学国学

国学之义，在明明德，学而后丈夫。丈夫，国之基也。

言学者何？"自来国学无定论，笔端启处是文章"。国之好学者，莫不以国学首焉。国学者何？或以为穷经著述，隐而闻者，聊以为进身之阶，或独以诸经为典。此皆失其正，不足以为训也。是学也，止于至善，因藏诸身，待时以运于国也。

丈夫者何？"富贵不能淫，贫贱不能移，威武不能屈"，盖忠恕其不以利害而改道焉。是虽入富室，犹贫户耳，以其无所取，故物于我而无与也；虽入胜境，亦陋巷耳，以其无所求，故境于我而不易也。是以圣人箪食豆羹，不以为耻，特寡德耳，一人礼而众人从之，一人恕而一国从之，非特有所图，偃其风耳。

于古之时，言尊长者，是其邦也，礼乐不行，而孝悌不伸，人民几于禽兽，长则力衰微，衰则不足恃，其人焉得而敬与？以其长则多知，衰而博闻故耳。是人之于生也，但百岁则已矣，而人敬之，及数千载之国何？

古者，今之鉴也；喻者，事之现也。见明珠之弹雀，以知身之不可轻侮也；兔死而狗烹，知事不可以绝也。学者学乎大块，非独以修身明性也，殆知不知而后动，智也。且而弃之，人不知义，岁而失之，予不忍为之预！

曩者，有荆人其售美檀者，闭门而造车，十岁斫轼，十岁鞣轮，十岁合辐，及成，精细世无伦也，然引诸径，视人车之美，则后人远矣。故苟独以先人之言而不能辨，徒以己物而不自新，虽智者亦恐昧于事耳，是犹釜中冷炙，不新热不足以为食也。予闻丈夫立乎学，书积累案，虽只字不能自增，人读之而后能新也。能及，虽妇孺顽者亦丈夫也，其乃以身躯之长大也与？

是庄子之称者，所谓"蹄者所以得兔，得兔而忘蹄"，圣人虽有誉之，一何愚也！是其得蹄不能以食，蹄者无皮毛而不足以市，然得兔也小，无蹄，安与复得兔焉？

是丈夫于家，一家之柱也，丈夫于国，一国

之砥也。于家，使邻里莫不有睦，于国，使邻国莫不有安，是丈夫之本务，学而后能为也。是大夫不言于朝而匿及野，野人不作于野而立乎朝，亦僭乎其分也矣。

国学，蹄也；天下，兔也。身既显而忘学，犹得兔而忘蹄者也。不忘其基，丈夫也；丈夫，国之基也，国学之源也，其必也美人者乎，是庸人用之，行且美人云尔。

也说墨家兼爱的时代价值

读书不可有餍。今重读《墨子·兼爱》，复有所得，下文谨代表个人观点。

先秦之时儒墨并称"显学"，墨家的理想相对儒家，更为贴近被统治者，直到汉武帝以董仲舒意，"罢黜百家，独尊儒术"，方才独以儒称。创立儒家学派的圣人孔子，"抱持着统治阶级的治国理念，游走于被统治者的生存环境"，一心推行礼乐匡济天下，数度出任多国要职，故儒家思想更贴近于满足统治者需求。而墨子身为没落的贵族后裔，受到良好教育的同时，又比较接近身为工农业小生产者的土人，深知文化不足者学习之苦，故言辞极简极繁，每言之恐不能尽，多方诠释，竭尽全力表达观点，甚至不惜一句话重复多遍，然而正因为如此，于后世反而常被看轻了其文学性，以至读之不细，研之不入，甚而略读一段，得其一面，而自以为全解，孔非墨子之所愿。

兼爱，墨子思想的中心所在，作为不常用词，自然难以直接从字面看出其含义，近当代臆断者，多将之与西方博爱混为一谈，其实二者所指完全不同。

兼爱的爱字，因为其文中有父子君臣大宗小宗无别，视他人如己身之辞，故多被认为是关爱关怀爱护一类含义，然而综合《兼爱》一篇，其义更贴近于"爱惜"。

"惜"字，正是爱的核心。而对资源的爱惜，正是墨家学说的重要内容之一"节用"，也即"俭"。墨子生在一个众多诸侯割据的时代，大者方千里，小者数十里，被其视为"不义"的兼并战争多发，且统治者自有一套理论，歃血结盟，远交近攻，等待或设计使他国内乱，找诸般借口，使侵略战争合乎道义，多所靡费，所有的消耗都在百姓身上。事实上，在小农经济的古代，战争是一件很耗元气的事情，一个国家想要发动战争而不使内乱，必须具备休战养民多年，统治阶级被人民承认等因素，即使战胜，也必然是尸横遍野，流血漂橹。诸侯不相爱惜，就会交相征伐，一国上下不相爱惜，便会交相残贼，墨子看到这一弊病，于是提出非攻并终身践行。

宋国曾有个人，浑身各部分都想争夺养分，于是手砸破了头，肝抢了心血，胃吞了膀胱，骨头刺破血肉——若将周朝看作这样一个统一的人体，各诸侯国就是分异而成的各组织各器官，这些组织本应充分利用养分生长更新，然而不爱惜资源，只想壮大自身，这个宋人就是例子。

北有飞蝗，冬徙于南。栗曰："未也，此隆冬之初也，唉我曷益？且我尽，于子亦有不利焉。"对曰："夫人之食者，栗也，我之食者，梗也，人之弃也，而我取之。取栗则若不怨，唉梗焉足言？"次年而栗尽，蝗不得食，其患乃息，是不顺物之天也。如果对资源，对生命不加爱惜，"强必执弱，众必劫寡，富必侮贫，贵必敖贱，诈必欺愚"，"凡天下之祸篡怨恨"，由是起矣。他人的生命财产与自己的生命财产同样需要尊重，这并非简单的博爱，兼爱的真正核心，另有一个俭字。

所谓俭，若单纯以资源使用量来判定，那不是俭，而是阻碍经济发展，墨子所要表达的节用，是指恤用物力，不使浪费。是夫天下之害，以其有物我之分，故损物以利己，害也，天下人之相贼，以其有内外之见，故扔外以修内，贼也。今有两国，大以伐小而并之，大者益增其大，然一以视两国，斯损矣。捡起掉落的一元，给对方十元酬谢，看似损失九元，事实上避免了一元的浪费。共建则俭，多用不以为靡费，相贼必然浪费，用虽少而徒损。两个壮汉，一起耕种，能耕百亩，互捅一刀，一堆白骨。

这与孔子所言大同社会不谋而合，资源不必尽掌握在自己手里，人人得其位，尽其力，有所养，而后能夜不闭户，道不拾遗。拒绝零和游戏，或者说负值游戏，世界各地，于古于今，势在必行。

于是发问，该怎样改变相贼的现状？兼相爱，交相利。

"夫爱人者，人亦从而爱之；利人者，人亦从而利之；恶人者，人亦从而恶之；害人者，人亦从而害之。"这并非只是教育个人该如何如何，更是强调一种从每个人做起的社会认知。

日出于旸谷，人见则曰："此后羿之射，以夸父之逐也，而我且效之。"优秀的文化可以带给大众良好的价值导向，寻找时代领头羊，"兴天下之利，除天下之害"，正是墨子馈赠给我们的跨越时空的精神指引。

有人站出来批评，要天下全无恶人，就如要天下全无善人一般完全脱离现实，人人兼相爱交相利不过是痴心妄想。墨子举出实例，晋文公好恶衣，朝堂之上无不牂裘韦带；楚灵王好细腰，群臣一饭为节，胁息然后带，期年而面有黧黑之色；越王勾践焚船击鼓，士闻鼓争进，焚死者百余，鸣金乃退。恶衣糙食，为名身死，人之所恶，苟君悦之，则能为也。古时有君主，而找到今日之"君"，使人有趋，知攸为，则完全可行。使"上"即领导者以是为政，使"士"即民众以示为行，为无为，乃能兼相爱，交相利，以至于大同。

无为，长久以来被简单理解为"顺应自然之

行而不悖逆"，这是极不负责任的言论。曾有人认为老子的言论与诸家相反，事实上，无为并不是在讲无所作为，也并不艰深晦涩。

习近平2018年新年贺词说："九层之台，起于累土。要把蓝图变为现实，必须不驰于空想、不骛于虚声，一步一个脚印，踏踏实实干好工作。"结合《道德经》第二十四章和第六十三章看来，所谓"无为"，无非不企不跨，不做假大空之事，不"自见，自是，自伐，自矜"，无"余食赘形"，从小从易处着手实干，不务空谈而付诸实践，积累量变以成质变，不止是兼相爱交相利的实行，可以说，一切工作的实施，都离不开"无为"的思想。

以上即是个人重读《墨子·兼爱》之所思所得。

附：《初读兼爱篇》2016.518

其夫爱人者，人恒爱之；敬人者，人恒敬之。天下之至爱，爱乎万物，而无复有九三之等，远近之别，以为兼爱。

人之有偏爱者，盖有喜恶之别也。喜淫乐，恶劳作；喜五色，恶暗墨；喜五音，恶嘲哳；喜五，恶淡漠；喜人知，恶埋没；喜美色，恶衰恶；喜峨冠，恶敝履。即便仁士，亦难受纸鱼而为美餐，送空饼而追半者，以为啬吝，如月光如水水如酒，池中有鱼鱼是菜者，即引以为茶资，遇贫弱而心怀悲悯，遇富贵而胸襟冲淡，终不能无所喜恶，故圣人亦不能淡泊也。

人之有偏爱者，盖有亲疏之别也……

庄子与惠子寓于馆

庄子与惠子寓于馆。

庄子曰："闻有越人而善为弓矢者，忽梦有神人，命为神弓，遂锻荆山之璞玉，研以为狼牙，倾邻国之大木，斫以为弓胎。既成，刃蛟龙于北海，拔其筋，揉之以为弦，十年乃成，号曰'神来'，以献越侯，越侯复进诸楚王，有诸？"曰："有荆人而能矢者，弱柳为胎，柔棉为弦，间百步，攀芦苇而发之，虽纤毫必中，有诸？"

惠子曰："岂有无力而能发有力者，子且误矣。"

庄子曰："其人曰蒯印，长五尺余，而善蹴鞠，会楚王好其术，闻而说之，召于座前，曰：'闻子能蹴鞠，愿为寡人一试。'卬对曰：'臣之善球也不赝，然唯不敢见于王前。败则王之兴也不逮，胜则王之乐也亡存。臣之善球也不赝，唯不敢见而于王前也。'王曰：'亦各试其技而已矣，亦何伤哉！大夫无辞。'乃召宫嫔，咸与来集，争蹴其鞠，嬉笑言乐，自不必言。卬忽整肃，跃而出圈。王不说，是问其繇。"惠子不觉抱膝而跽，揖以语曰："是何故耶？艺而不以用，是何故耶？"庄子曰："子言固然。卬既言避，因跪以告王曰：'臣窃为大王忧之。昔纣王好宴乐而亡国，周乃继立，幽王轻烽火而被弑，尸骨未寒，岂不见妲己、褒姒之徒乎！令臣蹴，是王欲夸称于众妃也。而今海内多事之秋，周虽势微，然亦人心之所向，而齐、赵居楚之北，且西有虎狼之秦，东有被发之越，伺时而动，悉做虎视。王何重尺寸之鞠而轻万顷之国耶？'王怒曰：'子何人也，乃敢妄谈国政！'时养叔在掖，出列奏曰：'彼鄙人也，本不习礼，然既出大言，必有所恃，臣闻其人多力善射，弱柳为胎，柔棉为弦，间百步，攀芦苇发之，虽纤毫而必中，岂欲献以于王前乎。'王乃回嗔，曰：'养叔故天下之神射矣，慑飞雁，毙楚贼，其野人焉有出之？然既有言，大夫无辞！'因出大弓二，曰'神来'、'步虚'，以赐由基、卬，至猎场，令试射。由基试曳其弓，隐有龙吟虎啸，云气雾岚，引之满月，沛然有万钧之力；卬每言射之，必先抚其矢，其状若无心。重矢交发，皆出百步而中心，加之二百，劲力不衰，略无偏斜。逮之兴起，各乘神骏，操狼牙之矢，养叔手通于背，自背以曳其弓，若有龙吟之声，但发之，若惊龙之游，莫寻其迹，马蹄骤雨，势若崩山裂石；卬纵马疾奔，四蹄若悬，引其弓如长柴，加大矢，弓若即折，但发之，若之未发，然观其物，若矢出在弦发之前。养叔大叹服。卬乃拜曰：'臣窃闻贤者不以二用，以百里子明之能，于饭牛食马而亦愈，臣之所以不蹴者，盖不欲以圉人而误秦相也。'王大惊，曰：'善哉子之言，寡人知过矣。而观子之臂也细弱，之形也猥琐，膂力不及养叔也多矣，安能有此之力耶！'卬对曰：'甚矣，非我之能也，道使然也。臣素弱矣，使缚鸡而不能，焉有能力？但以其道而已矣。持弓之臂若实，操矢之掌若虚，身若临万仞之渊。王试射之，亦必能及。'王以其言而射之，不中，复射，臂垂无力，乃止，斥卬曰：'大夫戏耶，亦欺耶！观大夫之射，过于寡人远矣，愿言其道。'卬答曰：'王无怒。射者心在矢之先，王之射矣，虽有绝力，而矢不直，夫王者操其权而臣者使其锋，苟矢之不直，无以通乎上下，王之政令虽颁，必不能实，王之引弓虽正，必不能中，是不以其道也矣。王之复射，先时见臣之术，犹不疑也，亲射不中，其气也躁，躁则心力先衰，焉有以道其矢耶。苟用贤而不任，虽有王道，难乎其行也，政令之朝发而夕替，虽有利民，民必不堪其使矣。临万仞之渊，不以慎而以躁，焉能中为？'王大说，嘉之曰：'善哉，子之言，古之奇谏者，非善其技也，特以术为名耳，大夫并善其术，可长留为寡人师。'赐之车百乘，金千斤。卬止之曰：'未也，此非臣之极也。臣之能射，出于世人远矣，养叔亦人之极也，然只知其术，未解其道也。'遂折宫墙之垂柳，去其叶而为胎，拈穿空之杨絮，授之以为其弦，是成弱弓，攀狗尾草而射之，百步而中养叔佩，锵然有声。养叔赧然拱手，汗流至踵。王大奇曰：'大夫真神人也！纵使力士掷之，此轻小之物，焉能及远？是射之神也。'卬弃弓笑曰：'王其过誉，此无奇也。弦者，贤也。

贤者内知其疾而已矣，重乎高轩之丰仪耶？若夫民也，善用其力，预视将折处而修之，其将溃处而济之，上则使民不溃，中则溃而后能济，下则知乐而不知忧，溃而不能止。但恤其力，使知所向，复知有止，伊文王方七十里而为王，岂以神来之弓耶？'王大骇，起坐欲把其袖。叩但长笑一声，视之时，怳怳然莫知所往，惟芦苇一根仆地而已。"

惠子静坐良久，遽然惊觉，视庄子之所在，亦已不见。

注一：以养叔之绝力，虽矢之不直，以力贯之，百步而略无偏斜，然加其远，则必失其准，及养叔之老，力也衰，焉有能中？喻于国，则政令，以其盛，故不以见，然操之久，抑国之衰，则补之无及矣。

苟以其道，则萷叩"之臂也细弱，之形也猥琐"，尚能"弱柳为胎，柔棉为弦，攀芦苇而发之，间百步，虽纤毫而必中"，国虽虚，民必不反，殆以其道云尔。

注二：本文采用文言结构，活用句式辞藻，主题思想明确，行文流畅有力。术与道，一为其用，一为其所以用。天地万物的运行规律总有其共通之处，发现与提出"共通之处"，便是"喻"的作用，用来喻物，人们不见其物也能知晓，用来喻人，人们不明其道也能明觉。部分修身治国之策，便在这一篇文章之中。

传承之辩

文化的传承，文明的传播，离不开具体的载体，比如语言、文字等等，国学也是其中重要的组成部分。人类自茹毛饮血时，便开始有了文明的交流。单独一只猿猴，即使智力超群，手格虎豹，也不会形成文明，因为没有交流的必要，也不会有语言和文字的诞生。

幸而人类对自然的探索与思考，从未停止过，自文明伊始，世世相传，后辈该如何对待先辈的所得？国学可谓博大精深，单纯就"文"而言，从前的人们，自仓颉造字，渐渐开始使用文字来记述自己的想法，使名与实相对，短短数言，便足以代表许许多多的事物，包括概念。文以载道，而记述在竹简、石碑、羊皮纸、草纸等材质上的文字，便是记载了古人智慧的经典。

有些人觉得文言是复古和落后的象征，诚然，白话更便于信息的传达，自画出图案以象形的甲骨文以来，为了实用和方便，文字逐步演化，也在逐渐简化，由繁体变成了简化字。实用，永远是存在的根本。

要读懂古人，首先便要融入古人的世界。如果以一个现代人的角度去观赏，也终究只是个看客罢了。记载古代经典的，便是所谓文言，我一向害怕将事情定义的太过绝对，失去了转圜的空间，可对此，不得不说，文言，即古时的书面文字，人们平时交谈，依然使用白话，简化后的文言与白话并不是同一个体系，将文言与白话相互翻译方能理解的人，想要传承"道"，又不肯真正学习载道的"文"，对此实在无话可说。

有人认为文言写作是无趣的，是"仿古"复古，大家都看不明白的东西，早已失去了流通价值，写出来给谁看呢？可是，读者因为没有进行相应学习而无法读懂，难道要怪罪作者故作高深？看看剪纸，看看泥人，文言，同样是不可或缺的非物质文化遗产。诸如陶瓷，难道制作古代样式的陶器、瓷器便是泥古？虽然实用性没那么强，但文言的文化与价值并不因传承的缺失而魅力稍减。

对于故宫中文物的修复工作，一派人坚持完全保护文物的本来面目，因为那是历史的见证，如同珍贵的藏书一般，后来人若想了解从前的种种，历史文物自然不可或缺，若是可以在残缺的基础上肆意创新，何如自己另起炉灶，为什么要破坏古迹？另一派人认为，对古物的继承，继承到的应当是古人技术的精髓，学到风骨，学到精神，而不是简单的具体形态，正如齐白石老先生所说的"要常有古人之微妙在胸中，不要古人之皮毛在笔端"。

有人认为古时的建筑与生活方式是前人生活过的痕迹，不可损毁，昔年梁思成、林徽因夫妇奔走呼吁，希冀凭自己的力量，说动当权者不要拆掉古城墙，留下历史的记忆。还有人认为，文化的保护故然重要，但每个时代都有自己的生活方式，从前的一切不堪历史车轮的重压，自然该换上新的，若任由从前的霸占着，新兴者往哪里去栖身呢？

有人认为，许多文化是不能融合的，文化的融合等于消失，且极易在失真中浮躁。还有人认为，因循守旧，抱残守缺，终究会因为没有与时俱进而遭到淘汰。孰是孰非？

坚守，亦或是发展？或许，二者并不矛盾。学习国学为了什么？最根本便是为了守住初心。只要初心还在，便不会流于形式，魂魄不散，便无惧改变。

湘灵之辩

——读屈原《九歌》之《湘君》《湘夫人》有感

愚其为人也，自知驽钝，少于见闻，每常不敢与论时势，今偶研读战国末期楚左徒，后迁三闾大夫屈平字原者所作《九歌》之篇，之《湘君》《湘夫人》，颇见其异，加意推理，竟遂有所得，心胸为之洞开，案作是文以记之。不敢妄言解得前人之神魄，后学无知，乞诸学者考而指正。

夫《九歌》之为篇，古汉族之歌集也，传为

夏时所制，后流民俗，歌曲以为祭神舞乐，而词令粗鄙。会屈原逐，中心忧苦，赋令辞以编工，乃为十一篇数。或言九其虚数也，总不可知。

十一篇内，各其攸在，相慕相恋，唯《湘君》之与《湘夫人》，名为二篇，实上下阕之从属耳，言为名者，亦殊别诸它章，大观其文，《湘君》非言湘君之事，殆湘夫人之欲会湘君也，《湘夫人》亦然，心疑而后究文理，因达屈子之苦心。

謇《湘君》一篇，盖湘夫人待夫君于洞庭畔，待而不至，寻而不得，以为湘君不忠而负约，之《湘夫人》，则湘君与湘夫人期，盼而不见，张宴待之，筑室候之，不怠。一怨一盼，各成趣味。

是伊二人因甚而相隔？子于洞庭岸，我于洞庭里，期以北渚，未错误也，盍相见耶？愚度之而设想，除是二人相互错过，不然，湘君、湘夫人岂盲瞽哉，焉能如是？

愚既言《湘君》与《湘夫人》盖上下阕耳，因思以索，两篇为绪者异，为情则同，之地合，之谋合，之意合，之辞合，是故为夫妇之章耳，而别有心。其势见朗，愚试陈列其同异，冀得妙旨。

同者：北渚、洞庭、澧浦、江皋，同有捐遗之物，朝则同出江皋，夫人"朝骋骛兮江皋，夕弭节兮北渚"，湘君"朝驰余马兮江皋，夕济兮西澨"，同用其薜荔、荪。同有其蕙。

异者：夫人"桂櫂兮兰枻"，湘君"桂栋兮兰橑"，是夫人泛舟而湘君筑室矣；用蕙，而夫人"蕙绸"，君"蕙楣"；夫人则待而不见，君有不倦。

及其种种，罗列累牍，皆不得要。愚止而反思，二人同之洞庭而不遇，得无所在有别？便以着手。

《湘君》中有云，夫人"望涔阳兮极浦"，涔阳者洞庭以西北，是夫人必以东南之江皋也，不然，何以望其"极浦"？又云"令沅湘兮无波"，无波，夫君之来易矣，相隔者殆沅、湘乎耳。以是推衍，夫人岂无故远眺而吟之哉，涔阳必湘君之所在耳。《湘夫人》中，湘君云"沅有芷兮澧有兰"，读者试问，屈子无心之人乎，其祭神伊乐，胡言以充辞令？大不然也，其行必于沅、澧，夫沅在洞庭之西，澧处洞庭西北。二人一东南，一西北，约则北渚，失之交臂，理所当然。

愚解此意，卷为之释，簌簌沾衣，上船肃立，荐读其篇，感两心之诚，哀其爱而不见，良久乃止。

幸矣！愚忽见《湘君》"朝骋骛兮江皋，夕弭节兮北渚"，及《湘夫人》"朝驰余马兮江皋，夕济兮西澨"，是湘君与湘夫人非终日而守其故所在耳，则二人必是相寻中错过，而后怀情各异矣。

瞀其湘君者朝而早待乎北渚，盖北渚者二人所相期也，是"帝子降兮北渚"，而湘夫人于江皋，位东南也，至暮方"夕弭节兮北渚"，其时，湘君已"夕济兮西澨"，虽朝同曰江皋，殊非一处。

伊洞庭者，古称云梦、九江、重湖，春秋战国时因湖中洞庭山，即今君山而得名"洞庭湖"，三面环高，惟北有口。地处长江之中游，位荆江南岸，湘江与澧水同汇入洞庭湖，沅水如前所言。以文观之，湘江自东南而西北，位洞庭之西南，澧水自西北之东南，位洞庭之西北。洞庭北纳长江之松滋、太平、藕池、调弦四口来水，南、西接湘、资、沅、澧四水，及其汨罗江等小支流，由岳阳市之城陵矶入江，兼航运及蓄水之能，数消水患，而今势大不及前时，然亦不可轻。

是时愚已得其教训，是"小惩而大诫，小人之幸也"，再不敢妄下结论。又循其文，先列夫人之行程，二人同一，则易乱而无序。

"朝骋骛兮江皋"，及"君不行兮夷犹，蹇谁留兮中洲"，则夫人在江皋而以为湘夫在水中可居之所，由是"驾飞龙兮北征，邅吾道兮洞庭"，其意者中道而转折也。"横大江兮扬灵"，于大江中横渡，以表己之精诚。"夕弭节兮北渚"，则由洞庭西之洞庭北也。于途泛舟转寻，夕至北渚而止。

湘君思"帝子"，如期而至，以前文思之，当为候于湘夫人所望者涔阳之所在，而佳人久不至，遂"登白薠兮骋望，与佳期兮夕张"，"夕济兮西澨"，则全文似可解矣。

又幸愚益求其精，发卷更读，只觉两篇之间，颇有重复赘余之嫌，不由心生菲薄，屈子之以文豪，岂不知重复之弊，然则惟才尽之为一解耳。两者愚悉不以为然，再而沉吟，三而抚案，绝息敛气，如撒荆玉，不敢少懈，终有所得。

愚原以为湘夫人早发而夕返，湘君鼍行而夕至，实误矣。屈子所学之旷大，心思之机巧，只恨愚浅陋之余，不能识美人之意，反以为鄙，面为之赤，此诚试官之阅范进文，粗看以为不通，再看得三分趣味，三看方知为天下之至文耳，试官则埋没人才，考老童生，愚险入宝山而徒回矣。屈子毕生为楚声，济楚人，言楚事，后世因名其作曰楚辞，其辞也，因"兮"字之多用，而极易相淆，愚仅读之，便觉目为之眩，屈子作时，非但条理分明，线索之埋伏、对应，丝毫不着形迹。因其隐之深沉，至今着于字句者多，亦多有译之者，惟无人肯深究，今被我得，是"乐莫乐兮新相知"耳。

既云者线索，埋伏何处？人知屈子之爱以香草喻美节，其索即在斯耳，人谓二篇名二实一，亦只以为首尾相似，人物相配，不意大有玄机。

湘君朝候之所，非洞庭之西北，实东北也，何以见之？湘夫人"夕弭节兮北渚"，"鸟次兮屋上，水周兮堂下"，湘君"朝骋余马兮江皋"，"鸟萃于蘋中，罾何为兮木上"，则有罾必有水矣，有鸟有水，所在同矣，是湘君朝当在洞庭北也，又以"登白薠兮骋望"，则当有登之过程，所在必更偏西北矣，因约于北渚，先往而待之矣。湘君待至天晚而"帝子"不至，"夕张"以候，忽"闻佳人兮召予，将腾驾兮偕逝"，盖此句为表上句"夕济兮西澨"之由也，张宴久之，方闻湘夫人朝间所在，慌撤宴往赴，直济洞庭，由北渚而之西澨，此湘君之所为也。

之湘夫人，则另有心思。湘君既湘水之神，必自湘水而来，因朝"美要眇兮宜修，沛吾乘兮桂舟"而待于湘江汇入洞庭之浦，故欲"令沅湘兮无波"，使夫君得以速来，久而不至，湘夫人将悲将疑，北征而中遭道，之洞庭西澨畔之江皋，"薜荔柏兮蕙绸，荪桡兮兰旌"。其地必西澨乎？则《湘夫人》"荪壁兮紫坛"，"罔薜荔兮为帷，擗蕙櫋兮既张"，其余植物，以障眼耳，言室之丽，以淡薜荔、蕙、荪之存在，屈子既列许多美草，岂有用罢而复陈之理！

薜荔，蔓生之植物也，不生于水。《湘君》"采薜荔兮水中，搴芙蓉兮木末"，薜荔不生于水，芙蓉亦不生于木上，此句盖湘夫人之怒湘君期而不信耳，而薜荔前文已有，必不致再用，此似虚还实，以留索矣，便如"鸟萃兮蘋中，罾何为兮木上"，皆摩其错位矣，而悉留其标。由上而观，夫人之所在，江皋也，而临西澨，故有薜荔、芙蓉之芳，而湘君"筑室兮水中"，又"葺之兮荷盖"，犹西澨之芙蓉矣。伊北渚处"麋何食兮庭中，蛟何为兮水裔"，言水陆之接矣，应鸟次水周也。

《湘君》"采芳洲兮杜若"，《湘夫人》"采汀洲兮杜若"（注：杜若即杜衡），则其"芳洲""汀洲"者，得非湘君所登之"白蘋"地乎！由是推衍，湘君与湘夫人期在北渚，湘夫人待于湘浦，舟行之洞庭西澨，荡舟寻夫，不见，夕至北渚"白蘋"之所在，而其湘君亦候于北渚近处，夕于"白蘋"之所张宴，闻女踪，疾往赴，恰与夫人为前后，二人不得见，不亦心有灵犀焉耳！

文辞前后甚繁，湘君、湘夫人之意异，而其为爱者同。捐其余，惟"美要眇兮宜修"及"目眇眇兮愁予"，其"女为悦己者容，士为知己者死"，两情之美，难乎言表。

言湘君、湘夫人其人也，言论颇多。因文中"帝子""九嶷"之语，人多以为舜及其二妃也。唐韩愈退之以为湘君者娥皇，以正妃而称"君"，女英次妃也，而称"夫人"，后世多有以为然者，然此论虽使"夫人"不致为二人耳，之于男女而未妥。览其章，湘君，男神也，湘夫人，女神也。明末清初王夫之而农以为湘君者湘水之神，湘夫人则其配，非舜及二妃也。以愚盲瞽之见，湘君与湘夫人原不相熟也，小心而爱慕，精心兮妆设，似非旧时之夫妇，反拟而今之情侣，殆湘君与湘夫人各表湘之一支，或只互为阴阳表里，乃后人曼为月老计矣，有水土相合，风调雨顺之喻，取其吉矣，而赋以人，亦未可知。

后学无知，妄为推理，愿诸学者考而与正。

哀寒士

2017 年 7 月 6 日雷雨夜，晚自习归来有感。

遭逢将未，布野霜雪。举问何辜，白玉阶前，长桥灯下，蚁聚星罗。跳珠乱碎，道好时节，一片月流如水。

天下寒士几何，向凄雨，凋零颜色。不欲天晴，及署前后，清夜冷初彻。疏帘陋户，究竟是，难堪风过。曾许当年，大厦安在，庇我欢颜冷落？

长阙论

人之长阙，用进废退，犹日月之盈亏。或将
遁律而不可得，仰见乎星辰，俯见乎厚土。尝闻
有道者云，凇岚吹息，纷纷来下，或不可久。夫
唯听命以度日，莫强进而惹尘。徒以人身，而避
世外，手不以提，足不以履，安用此形？不为所
爱，天赋我何为？

昔者秦二世之三年，秦将王离率赋以攻巨鹿。
城中乏粮，不足兵，守将张耳请助于陈馀，馀不
应，责之迫，乃发兵徒五千，俱与死。馀复求诸
项羽，时羽杀宋义，楚怀王任以大将军，替宋义
位，闻报，悉发病卒，亲以将之。于途济河，既
渡，令破釜沉舟，扔其济具，人各备粮，足三日，
示之必死，而后破敌。是人之晓以必进，故进。
能见己之阙，善用以为长，故不败。

言汉高祖之三年，韩信、张耳引数万车徒而
攻赵。陈馀自称义军，又欺其兵寡，遂不纳李左
车之言，轻兵往袭。韩信使军背水，伏奇兵于掖，

人咸不信其谋，信也不动其色。舆踵碰，短兵接，奇兵自后袭赵营。赵兵进不能克，退不能还，遂溃。何也？赵之兵也不多乎，赵之将也不力乎，赵之气也不盛乎？非也，其谋也不善故然。破赵，人问其故，韩信答曰："兵法云：'置之死地而后生'，赵之人也众，而我之人也寡；赵之气也盛，而我之气也衰；赵之人也逸，而我之人也疲于劳；赵之人也习于战，而我之人也新募，不使知不可退，安有不溃乎？"后高皇帝刘邦效之，乃大败，人争赴水，踏死淹死不计其数。如是者何也？

兵书云："兵留生门，敌不死斗。"三里之城，七里之郭，使操千乘，环而攻之。断其粮道，兵炊死马，民爨户枢，易子而食，历三月而不下。使开一侧，将走，兵民俱从亡，唯恐不及，无复有守城者。殆人之所长，唯其意志，所谓长、阙、生、死，将死斗得生，卒逃生获死，得无是乎？必也使激其志，令有攸趣，而后能得。

及予之为文，先知其向，而后能进。为文也，志录之属，始人之发声，摩天地以造字，仿大块之文章，所用奚为？正名实以喻于物也。人问弹，答曰："其状若弹。"喻乎？必也以类释之，而后能明也。文之用即此，以晓喻教化，是人之所以夺天地造化之功也，心甚有慕，敏而善求，此予所以习文也。

然而为文者何为？古之隐者，孔贵无名，而时有为人知者，予常耻其人，更有于"蓬莱捷径"者，其隐者所为名也，非不得已而隐者也，则避世似非其本心，出仕又似非其本心，予不知其本心者何物也。伊民必也去饥，而后能用养，然为文者，倘欲以文名，不亦假隐名者乎，实当戒躁。

昔于乱世，有欲达者，患无其计，人为之谋曰："今有魏王昏庸而好美色者，子适其国，厚赂王之内侍，使见于王，语之：'陈有绝色，芙蓉为面，秋水为神，伐之可得。'王必悦以为忠言，而后举国以伐陈，魏强而陈弱，陈既下，患无美色者乎？献之以应前言，独不可泄于外。既得爵禄，募死士党羽，广传令名与国中，勾结宫内，结好太后，更访各国之佳丽，陈于王前，王必举兵征讨，连年不绝，白骨踵没，饿殍遮道，虽天人征兆，必不以为然也，更兼红颜智短，不三年，魏且亡矣，而托盗以弑君，秉持国政，轻徭薄赋，大开府库以赈饥民，并使儒为檄文以白天下，每事与魏王反，民必雷动以奉子，时虽不欲为王，不可得也，而退以奉王嗣，择年幼黯弱者王之，大业成矣。"是用之不当，则强者良益贼矣。

予之为文，好之，有攸往，而后动，怳怳然若不知所向，怅怅然若有所失，而览之若有所想。不知奚从而始，奚繇而终，但使徐行，不知有退，患不千里？

用长用阙，长短相形，长者亦阙，阙亦有长，不失其位而为用，天道所合，是予所以为文也。

放游小记

予尝在帝京，都中盛况，迥非寻常之可比。行人或有立者，多控背，色恭然，似有所想，而敛衿侍立，惶惶若无立处，但行也，则必以趣（趋），若过长者。伊云霞飘举，淞岚层次，怳怳然如坠五里雾中，阡陌相接，怅怅若有所失，听而游，卒莫知所终。

时有异人而乞钱者，骨软如泥，放卧桥头，做雪融状，人欲拉其臂，辄以盘乎颈，望之若巾。

问曰:"子何从也,而将奚适?"曰:"何由而残废如此?"对曰:"兄莫知也。虽尧舜之世,不养闲人,男驾力以耘,女煮桑而织,莫不尽用。而王也,虽能,不当众力,必也使人劳而获,抽成以饱府库,又禁百姓之枭众,而令官为,伊小贷则昧,大贷至大则天下矣,贷而于民,明也。我之父母也衰微,子女也薄弱,又患此疾,虽天下之大,安有以养一闲人邪?"

　　既去,行不数里,有妇人拥孩童而乳者,但语人曰:"我儿生不三月,夫死,姑舅以我母女为克夫,遂令逐出,分毫不予,以至于斯,殆人情之寡淡,犹且不及吾乳耳!"意颇怜之,出金,将之欲予,忽掖一人,私谓我曰:"足下休矣,此特诈术耳,前予见而怜之,施饼于其母,人前恩谢,背即弃之巷,以为人莫能知。愿试观其儿,目光滞而不动,手足屈而不信(伸),口齿强而不号,得无药之以令噤声哉!母之视儿也不慈,哺也不辍,安知兹其儿也?"乃放声,谓其母子曰:"岂有我安而坐视之理,今已报官,役夫立至,必也劝姑而阻舅,令女母子得守夫父之丧也。"妇人大慌乱,怵然起坐,目镞矢诸掖人,披发徒跣而走。

予大骇，拱而退。

日中寓馆，忽闻歌曰："狡兔死，走狗烹；飞鸟尽，良弓藏。东山有石大如斗，狐裘龙茸撼地走。劝君莫傍屠龙技，用时骨肉悉离去。役夫白发徒归来，长虽有言莫能尽。将欲功成天欲雨，零落坐看发草木。草木本心胜初时，美人孔多乌能折。财神生发降福禄，各位街坊老板赏赐多！"闻而异之，出门见其歌者，身长七尺，环眼如炬，眉峨峨若五岳之倒拔，气勃勃若脱笼之猛虎，惊而问曰："子何人也，而乞与此？似此长身大力，使为捕役而不得，不失为一力夫耳，岂有恶劳焉？"色羞赧，然后答曰："兄必勿罪，然后敢言。夫千秋之事，亦用进废退也已矣。公孙氏轩辕黄帝，力败蚩尤，而后销兵；秦之始皇，既攘六国，乃销锋镝，铸以为金人十二。是兵也，国家之利器，可操之以贼人，亦可纵之以贼己。我幼而习武，十七乃成，从军，杀人，今之世也晏乐，四海清平，王也安乐，复有顾我者与？使王也居安而不思危，使我也居晏而不能武，自幼修习，除此无有能者，今我之能也不能矣！兄其勿罪。"予但唯唯而已，良久莫能言。

以其天下之大，四海之盛，奚縷而至有乞者与？已而，已而，将胡为以待其人为？

启阳教育赋

春秋故邑，新发启阳。府居郯路，位列鲁邦。地缘葱倩，沿儒圣之故事；星象朗曜，依羲和之逸方。启者发，阳者长。独启不发，合机窍而成学；独阳不长，燮阴阳以衡常。用六龙以煦照，立教育而和光。

化育万物，故有启正；彻照天地，故有启明；普被涵育，故有启志；潜施和晖，故有启和。不愤不启，不悱不发。明明之德，在心至善；道道之径，在行有度。循循然而善诱，实大块之义教，谆谆然而明道，良雾露之春成。

学子美质，曷可斗量。意畅和暖，缘启成阳。"品行善正，学识明达，心志弘远，行仪美和。"此所谓学之成，其教之大也云尔。

祭孔子文
——纪念至圣先师孔子诞辰 2567 年

鲁国封故，陬邑中都。周公所以犄应，伯禽所以御狄。尼山华泰，汶水泗济。感天崇德，许以郊祭。八佾之邦，抗礼之地。圣人之作，应星野以下降，国是之行，偃风流而长消。

之宣王其无道，擅长幼而礼乐崩。逮天子其可代，兴五霸而始争强。开歃血之先例，殆远交而近攻。伺他国之内乱，师出其不为无名。拄断郭之家国，策凋城之残垣。

民也愚钝，虽劬劳终不为反。究其成败，虽丰年亦多冻馁。既灵修之不可谏，萦瘝瘵之岂可追！穷兵黩武，中原多疲敝之兵。巧言乱德，错栋梁之于洪渊。兴也，百姓。败也，百姓。王不为天，公盍为乱。以天下为己客，以万物为鹤角。是天地亦独夫也矣，人胡为不寇仇之乎！

饱暖思淫，动乱思治。贤哉孔子，危乎其人。应时降世，日见其长。远瞻仰矣，近觑恭然。生而七漏，圩顶长容。韦编三绝，慎乎躬行。非博学而多知，得其道而一以贯之。自好学其不倦，悟吾生之不可久长。格光阴兮朔月，致有灵之流光。逝者如斯夫，不学足矣？

沉沙撼树，不逢其时。礼如纱楼之落霞，人拟赤石而遭妒。概周游以扶周，既有德而议继。教弟子以弼众，辨名实以成学。师师师师，不咎飞来之学。祸祸祸祸，不处非礼之得。

中庸有常，以仁而义。德其动转六合而怡然受教，身其殊离四方而不知其所。人咸敬而不用，无计行乎四时。举彦乡间，为政以德。夫三月而成君子之气，纵强齐其莫敢相伤。困顿而不改其容，清穷而益矢其志。言儒之为道造，起私学之淳风。勤礼体而重信，轻不义之浮云。描天地及万物，循知变以为仁。

惜我今人，俯仰两愧。俯不能承先绪，仰不能见先容。废攻书而功名，逞黯昧而暗度。祈先生之常在，驾六龙而乘风。慰我来思，幸甚至哉！垂律令以警醒，润银竹而衍芳。高山仰止，景行行止。即来则安，勿令拂去。

呜呼哀哉，伏惟尚飨。

祭祖文

伊东山之掖，有一人焉。首辟地以斥业，承先绪而济人。傍近之枢户，莫不受德，俯安其宇。

岁凶，民多饥馁，其人开库廪以赈众，虽迥迩莫不来集。既来集而予土，言耒耰以置业。遂传累世。夫蓬之起也百尺，人仰见之，曰："危乎其高也，或逾于天。"见深池之沃也百尺，曰："渊乎其厚也，或过于地。"是天之高也不可及，长不觉其高，地之厚也不可测，长不觉其厚，虽然，子孙之受德也多矣，奚有以忘之乎！

天其生也华荣，地其载也牺牲。其萤虫之火，安能比诸日月！呜呼哀哉，伏惟尚飨。

好人好梦
——题"中国梦"四周年

坚其甲兮筑其城，矢石交兮列阵行。君不见

霓裳羽衣惊刺破，孰意鼙鼓起渔阳？君不见烽火连袂飘飘举，儿戏弹指动君王。君不见江东才彦多桀士，四面楚声不堪听！晋公恋战旌敝日，小驷溺安不堪乘。洛阳新都凤池所，迁就文风改武风。绕庭雷，万壑松，秦弓阵里，骖服易容。天也非我过，操刃怨兵锋？

阿房女，秦罗敷，荧荧招致，犹忆初服。睡眼朦朦提兰灯，层帘重幕镜如水。琥珀琉台青衫动，邀灵共进步云梯。梦也非梦还似梦，飞隔平原击冰玉。忽复回魂长嗟尔，不见楚山见枕席。天兮不可问，云兮生溱洧。使君更知趣，百草芙蓉杯。

辟若流水

门的作用再一次得到体现，可人们已经不再保持应有的敬畏。人们会崇拜亘古不变的神物，却也会视不变者如无物。

辟若流水，人烟其迹，案春衣濯裳乎畔，以为源流悠远，浩浩汤汤，而达乎旷迥，一无垠际。

知其无极而后罔极，知用而不知恤，以为取之不尽，用之不竭，是躐流水之动静也，而以为功，不亦顿乎！竭泽而渔。无如浪迹一叶之扁舟，随波逐流，浮浮沉沉，以做竟日之游者。乐夫大块之赆赠，控彼易逝之流光。悲矣夫！寓浮生之于世宙，想归来兮还界宇。纵有天资，不过铨斗。

光影

——论"飞鸟之影未尝动也"

溺沙浪之鱼，以水为乐，穿空之鸟，以风为乐。天地万物，依存乎光，游于介质。所谓介质者，或可统曰"水"，水，静中有动，输转承载，物借之以存；所谓动之者，或可统曰"火"，动中有静，推燃助沸，物凭之生。

水为常形，而火推之，故相对焉，略相近者，则莫非光影，虽有相别，其系相似者耳。如其少有所异者，内实不同，今就之以论，言明战国二十七辩中"飞鸟之影，未尝动也"之说。

其夫飞鸟假水为身而游于水，凭火以动，牵

翮扇翎，翔于九天之上，顾盼翻飞，舞风而动，赤翼绛羽，而影随其畔，流转联动，翩然生姿，举目翘首，一如随行之尾，唾之不散，甩之不脱，何物是哉，影也。

影者为何？光而后有影，光之所至，不过，则成影，盖无光之域者耳，是为光影。鸟之游于空中，鸟以水火为动作，是动也，光其不改，而鸟有所移，则无光之域亦随之而移也，是影移也，非影动也，故曰"飞鸟之影未尝动也"。

先秦毛公，终日与惠子辩，以为二十七辩者可治天下耳。然徒辩而不务其实，何异乎抚琴大言琴理而不弹，身怀异术而不施，亦复何益！尔为飞鸟，亦或影耶？公以为何。

教授论

上古之时，混沌初开。林有猿焉，其状若犬豕，其行如虫蚁，茹毛饮血，以是存焉。

既尔能长，亦复能有养。是别男女、长幼，族而群之，分而工之，以为聚落。发用手足，以物延之而为器，天雷击木，钻而燧之以为火，造字定其名实，由是而自为别诸禽兽。

有语，名以代物，自号为人，以通其用，是以为人，力不在赢硕而在其智，所谓一时之胜负在力，千秋之成败在理者尔。就木之夫，不以搏兽为名；有智之士，不以缚禽为力。

其夫前人之辙，后人蹈之，前人之迹，后人效之，及前人之智，非授不可得。一人之识，或有不美，广益众人，则似无有不尽。格物以致知，为人也，使终其生，假以时日，虽敏而弗能悉知，虽寿而莫能悉有得，则如之何，为学。

昔有王右军其人，曰书圣，而其技莫能尽传，非苦尽十八缸之功，得乎其父子双名？爱而痴之，是能有得，故人各有其精乎耳，所爱者异；各有其所得乎尔，为痴者同。程门立雪，借壁囊萤，不研不可以为学，不究不可以成道。爱菊者隐其身而声传，爱竹者摧其节而形直，痴于天地而收其妙，何乐乎不学哉！

渔者垂钩江渚之上，屏其息而敛其气，端身凝神，人莫能扰，以是鱼甘乎饵而不疑，治学之士，无沉静不足以得其鱼。既得鱼，怜童子而授之，童爱其渔而鄙其鱼者，盖鱼也有时尽，而其渔也不竭乎江河，是以取之不尽。为学也，而不能自为力，得人遗之鱼辄食讫，不与不食，能尔为人乎？童爱其渔而不能尽其妙，临渊羡鱼，退而结网，是以不得其渔而得己渔，为学也，敏而好之，强识多闻，木简者尔，得其法，一以贯之，得非大贤也乎哉，是为学也。

为学不唯学乎天地，是有道者为师，学道者为徒，人其相等，道而后有尊卑，闻道无非先后，治学不外专疏，有其术而行衍之，知之以授不知，是教授其为教授者耳，不唯乎其年也已矣。

有言而通用，有名实而无惑。人或聚其智，有字而后作文，是以一人不必魏犨之勇，而有万钧之力；一夫不必彭祖之寿，而能了然千秋之事，人故为人耳，超然有序。

然观今之为学，不问道术，以长而尊，久腐之鱼而重设，旧陈之渔而再施，岂不知河洛之不可垂钩哉！今之学府，器见新而人故，授以篮而求诸得鱼，比尧舜之时何！有不如耳。为学得道而后能为师，吾所敬者道也。有专工而不足，则采人长而习之，效天法地，是为教尔，是为授尔，非教其既知之物，其授之以研习之法耳，胡为乎不振！

有道而教之，教之道，教授也矣。

益法论

成伯王之业者，莫若德威，无威外削，无德内溃。进利军兵，退修内政，奉王结盟，远交近攻，邦弱则傍大国以立身，兵强则置人废立于股掌。

然攻取易，守成难，德化众而无及，威加民其不知，则淳孝悌之教化，劝农桑以笃行，而后立法，使人知所畏，故人知其极而后有所耻，上下一如手足耳目之明，国道乃昌。

衣则有口，法则有隙，人不畏法，案乘其间。是近日，有女入虎园，虎其独矣，二虎且不容于一山，况乎人而犯其领土何！惜哉慈母，往救被噬，人不畏法，其报一如是耳！法无乱置，出必有因。虽事有缓急，越必祸殃，可不戒之慎矣！

孟子以为人伦大于法制，若夫舜父杀人，舜

当以父就刑，而私挚父走，忘己之为王，安一隅而为耕夫，奉父以终余年，无复忆己之为王也。杀一叟，与人无伤，活之，亦无有损，而不同于法制，人其行恶，得其利而乌有所戒，则举世无复有行善之人矣！无教，法不行，三军而不斩犯将，人谁用力，法之行之，道先行也。

然法之莫及亦大矣。更一日，有大车绝尘气而去，硍硍有声，而一车继之，有大无小。前车闯其红灯，后车亦欲有效。不意一小车从掖胁出，违规更道而驰，后车转动不及，右向而后倾倒，厢中碎石滑落，压及旁候者一车，顷刻而齑粉，尔欲何言！四车之内，惟受难者无辜，天乎哀哉！法之有定，以使庶民有则，孰意守其法者乃没于违法狂徒之手，谁与担之！

法，框也，而以匡。人之相违者多矣，而莫知其极。不有其法，有不守之，守之不尽，悉无以支也，国不法则乱，人不法则迷。

法之不美，众口难调。人之有畏，亦言有欲，是法虽酷不足绳，刑虽峻不足治，世多铤而走险者，不之薄冰之上，不足以取鲤，不处栋梁之所，不足以摘月。其使人之欲也无邪，使人之物也有余，道之以途，是万世之肤功也，虽不欲辣长剑而为民正，人谁不举而王之？其使人之知也无穷，使人之动也知极，则人谁不安居，非游手之无赖，孰复为盗，非昏昏之茫茫，孰复逾矩？

伊果报者，非常论也。言鄙恶其多得，良善其多削，杀人者多子，活人者短寿，往往有之，而为善恶者殊不相干也。世无良等，害人者非必受其秧，活人者亦非必受其德，余其诸般，非善恶之损益也，吾辈虽不欲以为然，而此言非虚，莫能辩也。然则可以为一叶哉？

不才驽钝，窃以为法之不至，或过亦在人，倘人人自危，守度知耻，纵恶小其不为，虽无明法，自有暗则。伊法有不及，而何更之？莫若益乎其法，而增旧制，不有近益乎人民，可行诸治道者，则我不知所从乎耳。

孝亲论

人而有其亲，无亲，其为人乎，有亲而不养，其为亲乎，养而不亲，亲而不亲，不异犬马，其为孝乎？子曰："何孝之有。"曾子曰："非人哉！"

人之处世，无孝不立。昔吴起决母以就曾子学，母丧不顾。曾子恶之，母岂可誓！母生不养，母丧不顾，无孝无以成学，遂逐之；闵子骞冻饿而后母悔觉，不乎臧乎！人胡不孝！

子就车而母不至，人何责之，盖误时者尔。时误而事不就，责在己而不在人，然己何过？时，命也，人胡不惜其时！无故误人之时，即害命矣，其咎得无大焉，痛斥亦不足平之。虽然，其误时者非出其意，力欲致而足不就，坐竭力而难速达。其心也愧，然其力不能足者，何贬何褒？是人皆不言。

人孰无亲！"慢人亲者，不敬其亲者也。"长慈子孝，人乡往之，而常莫得。禹父暴戾，禹弟顽凶，而禹孝悌者，其为准绳焉矣耳。墨子所倡者兼爱，何也？推己及人。人孰无亲！"老吾老以及人之老"，满坐莫能行，怪人误己；"幼吾幼以及人之幼"，亦弗行也，责其母迟。不慈之子，复慢其亲，以不知孝也，不孝，何以立？

漫漫前路，人莫能视，然则如何？其况未明而难先发，孰可谓之明？

是故明者不行与阁昧也。

孝之于德，为人之本。无孝不足以承先绪，布遗德，无德不足以惠众生，担大任。而孝之与德何，孝者即大德者也！古之立孝廉，彰其孝也，古之选官，学识为次，有识者可担大职，无才者能堪小任，俱有所得，得其所矣，然如无孝无德，留之尚不能够，思为民父母欤？己之父母且不孝，尚思子孝于己，不亦愚哉！

人而无亲，不为其人，人而无孝，不成其家。人而不修，家而不齐，国何足治，天下何足平！是孝为天下本，余末技不足论也。

孝者，人之常也。人之亲，亦己亲，天下大同。

曲成论

凡世间之事物，以其无直，故能成其曲，以曲截直，而能能其本，取其正，是为曲成。

古有九曲之珠，以钢针之坚利，而不能通其微，以水之怀柔，而不能达其端者，其心曲也。因为缚蚁而能穿之者，截其直也。是万物以其曲而为其直，其心转也，而能截也，非直行而不可乎，非也。

昔有善说之客，讼而说乎君王，辩天下之不喻，其言也曲，其行也直，何也？言直而不能中其的，行曲而不能成其所为也。是直亦为曲之支也，以直而曲，取其远也，而能近之。

余观夫河、洛，其道也曲，而能致千里，何不以直而舍其盘，道不远而直泄乎天际，置万山于无物，飞渡燕门，波泽万浪，而投诸海外，不亦快哉？胡为乎曲！然其岸势万雷，其泽及万世者，非其曲而弗成也，其非大畜乎也哉！非知士不能为也。

君子唯正，求乎知而肃乎不治，然先生孔子断乎二八者，度量而为之也，不然，欸然凶至，而乌能回之也。"闻斯行诸?"何以答之? 躁者思度而后行，弱者闻斯而行诸，是为正也，是为知也，而何辨乎曲直? 曲者直也，直者曲也，以是曲成，则为直也，而能辨乎曲直也哉，无曲无直也。

法无定论，物则有则。直木輮之以为轮，虽不复梃，而有载物之用；鱼肠之刃，佳名吴钩，虽无直貌，而能杀人如麻；柳永之士，虽不能仕，而有奉填词之旨，其孰为曲直?

曲虽有直，而另有曲用。绳以其能曲，而用缚物；人以其能曲，而用奉天；木以其能曲，而用为件。非柔者不能成也，坚而益之，则为顽石。

水者，处之至下，浑者秽污，功而不居，是为万物之所必用。上而为云，下而为江河湖海，因凡有惠者，即云恩泽，"天子降福，泽及万民"。顽石虽无易其节，能为之乎? 是为大事者不拘于小节也。

人之所病，即在泥古，空求其直而不知其曲，或撞乎南墙，或投乎江海，咸不知其所，可知一转念间，通乎神明! 生之可贵，而焉置自身? 许山重水复之处，穷途末路之时，直而为曲，则公羊产仔，全乎其节也。

万物生焉而不居，是为天地曲成。

姿态论

夫势者，态也。卧、立、行者皆姿势，有形者无形者亦然。因势相形，所含者甚番。自下至上，宇宙亦态势者也，以势递信，所异者人心。

纵观古今，态势多不厌诈，其真伪几何哉？故作姿态以浑人耳目者，不胜枚举，而常有"不信思信，信思不信"者，人莫能察，行之己略，故多枉事，无从知晓。其真诚乎？其虚假乎？若梦若幻。

以人面为例，人面五官，又兼余部，变化多端。善用者面似具，以惑人，或嘲或赞，或喜或悲，欲显则露，欲藏则隐，小处见大，止目光亦可乱世；又有善察者，观人面即深目入心，微变中见人意，皆姿势之涵。

古人尝言万物浑成，一派自然，道者所法，

人者所效，变中无变，化中未化，而姿势无过一时之态，何必留心？若是耶，则成大至小，姿势皆化为己态，似有消极避世之嫌，亦有体领道、理之德，只在一念；非耶，则留神之不留，如太极者两仪相化，转而不歇，变者唯位，无变者一，反于无极，若于无心者死追求，即如古笑事，有愚者曰："赌吾之不赌，五百钱。"又如失寐时自语："万事不想，便可入睡。"蔚为笑谈。是以圣人之道，得之生活，用之生活，似外出云游，出而复归，似无所得，然胸中一点文墨，腹中一方志气，充实更甚，故人能缘猿而越猿，上进心也。

姿势唯一态，古曰"仪"，百姓者百姓之仪，君王者君王之仪，常人之姿势，多半见于外人，独身时之仪，只为舒适，若抱威仪而不释，自行而不放者，非贵人相，乃中世毒过深，不能自解，不足唱之。而姿势何以操之？圣人曰"诚"，小人曰"作"。

追根还本，姿态因何生，因何变？古云"心"，今云"态度"，相由心生，五官不易，而自多一物，物曰"气质"，古人之气，谓精、气、神，由此三者方有质。

故作之术再高，亦止"假作真时真亦假"，明目者真伪一窥而知；真诚者，心不动念，故耳莫测高深，谓"谦"。

凡人得此道，奈何俗务缠身，故圣人云："格物、致知、修身、齐家、治国、平天下。"自正其心，则身亦正，德亦正，故姿势者，可转为姿态耳！

注：临沂四中特长招生考试"以姿势为话题"现场作文。

异景论

夫人，居于世界之灵域，然不善自知，善慕桃源之境也。人之本性者，好高骛远也。见异思迁，常情也。

世多异景，引人者甚蕃，不知进退损益也，苦于慧眼难开，凡目亦迷于途，则何闲也，何劳也，何喜也，何悲也？俗人之不悟，难矣哉。

异景所谓异，奇异者也，或聚精魄，或钟神

秀，其下多变诈，以应时者为悦己者不可胜数，故何以择之？且悟之，不可急也。

有因方有果，若不惧错步，只应一时之需，不得长远，其害甚矣！

物有善恶，武陵渔者入桃源，其善也；标而欲复寻，其恶也。世多路，人恒知之，时专一直行，时九曲回肠，其休祲（吉凶）者莫能辨也，人时有陷异景而不能拔者，何损而复何益？

其实不然，路何谓歧？相对而论也，此路此途，则彼途即歧也。常居此境，则彼境即为异景也。呜呼！何损何益？世无全美者矣哉！

苦海漫漫，如何得渡？异景无涯，何日到边？圣人曰：盲者斥之，唾面相对；自洁者亦斥之，隐于山林、于闹市、于绝境、于人间，苦不得脱；唯贤者化于之心。诸般无外物，皆我诚心中，世本无尘亦是尘，无过东西南北风。

一转念间，豁然开朗！避之以净心胜于面之以净心，化之以净心又远胜之。达观诸物，皆化其形也，言语何能及也？透真悟者遂不迷于形，异景亦这般，常景亦这般，心无杂碍，无物咸情，可解迷苦也。

然此境不可言传，能意会者自更不肖言，悟者反多入它境，此歧途之怪圈也，非明者不能透之也。

注：课堂作文题，一个驴友经常旅游时迷路，朋友问他，你经验这么丰富怎么还迷路？他说，我经常独自走一些小路。朋友问，你为什么要离开大路去走那些小路呢？他说，这些小路上有迷人的风景。

《心经》发悟（三篇）

《摩诃三檀经》（法界经）

佛即是无，无即是佛，无中生佛，佛参者谓空；佛即是有，有即是佛，有中化佛，佛性者谓色。空即色，有即无，大道菩提妙摩诃。始悟独善身，无眼耳鼻舌身意，无色声香味触法，净明空，去尘欲，无罣碍，身心益；再悟度苦厄，三千大行济世，观自在、观世音、观世形、观世苦，超难海，罢积恶，引灵善，寂灭空色法。而后垂德释疑，了悟波罗智，心解，苦皆自拟须自度，无底舟、悬臂肉，无果终，为何用？圆觉境，化纳为怀，世本无尘亦是尘，行满佛成大千界。佛力无穷，佛法无边，盖悟境无尽天外天，此大乘即彼小乘，三三无涯岸，九九方成真。大法三参，盖实乃化虚，虚而复实，破实见虚，化虚凝实，实不异虚，虚不异实，实而又虚，虚而又实，无有穷匮。

——节选自刘子檀《宇宙王之平行世界》

《七果正经》（七境经）

行化之数，俱在一心。正果七境，周始律玄。初境者，谓物，物者，善恶间也，悟乃生物，凭力之用，无所本心；二境者，谓兽，兽者，混沌思也，得万物之灵蕴而生于天地，从善而善不知，从恶而恶不知，苦虑而道不解，无所用心；三境者，谓人，人者，通念而明人道，日有所进，然少束而多欲，忘境而从力，昧于轮回，代代相传，幼不晓长历，长不识幼心，常疑而不知所疑，悟而不知所悟，无所真心；四境者，谓僧，僧者，脱也，以修为念，自苦沥心，拔身于泥泞，而不可谓真诚，不务其本而盲修于外，无所觉心；五境者，谓罗汉，罗汉者，忘世尘，超本性，外无惑，内无欲，除百端而千种穷，了七觉而无喜怒，无罣碍，惟止于自境，非大舍而不能悟，无所明心；六境者，谓菩萨，菩萨者，大慈悲心，罢却善恶，救世间万厄，解化度人，而不能自度，只一念而不能转，无所化心；七境者，方谓佛，佛者，正果之大成也，无相无形，万相化形，虚而实之，境界者也，无所无心。佛即物、兽、人、僧、罗汉、菩萨。佛成而返，无眼耳鼻舌身识意，无即有，有即无，佛即法，法无边。七果正行，皆出一念，此念无极。

《九窍真经》

诸生分九窍，九窍各归真。一般无善恶，窍通解尘氛。首窍乃止静，恒静而养息，处理而不受外惑，独专一心；二窍静生动，老阴生少阳，境转而运力，传力而复轮回，形化二心；三窍动生思，历极而通理，蛛网而尽相结，知玄而气舒凝，千孔多心；四窍思生同，智极还原窍，万法本来同，臻己道而收反正，才归一心；五窍同生念，滋长而聚华露，至精而众皆一念，神会也，纯炼一心；六窍念生疑，泰极还生否，释久复生疑，有疑生而能再解，悟境先心；七窍疑后净，除凡了道方心净，净者，盾也，止小净而非大空，去欲净心；八窍净上慈，见难而倾力，济人以充其实，度人以自度也，解化仁心；九窍慈乃和，大明悲喜，九窍成真，万物皆本，包容任意，大空色心。以此九窍者，有律而无序，万径通心，大成圆觉。

长叹歌

——观抗战胜利 70 周年大阅兵有感

尝及倭寇塊，蹉跎些数年。我今非鬼兮，不可久怀怨。匪我自蚩蚩，愆期多有耽。匪事一罔极，怒极须思反。雷落窝心树，刀藏斯鞋间。我心何烈烈，我意何愤愤！江河浩浩，不解仇冤！笑颜覆伤，靡得再揭。躬自悼矣，亦已焉哉！

逝者如斯夫，不舍昼夜！君子浩荡兮，气度非凡。大爱舍得兮，无际无边。古往今来皆如是，万里阙月，白发戍边关。岂虑娇儿闺内，那顾乡情难断，风云变幻，弄潮儿梦逐浪宽。蛾眉遭妒，茝蕙申替，问民心穷困，何以定中原？

聚合强单，凝炼方圆。金戈铁马，六艺备兼。修茂咸集，即日中天。赤胆忠心，气贯长虹。壮士拔剑，飘袂当风。项王受璧，亚父破斗。居安思危，未雨绸缪。兵强民伤，哀哀多艰。羁鸟恋林，池鱼思渊。短歌长叹，物极必反。三军苦乐，朝暮兮烟。

游目失骋怀，静燥无所寄。五千中华韵，相以归自然。且罢诸般情，家国溯流然。去日无俗惧，来时感流年。涉江踏郊野，还望终有别。沉吟为君故，掇叶因激湍。挺胸提热血，昂首示丹心。簌簌千觞少，袅袅遗余音。

鹓鶵无力空饮恨，鸷鸟有意难回天。鸱得腐鼠自由喜，各向其志遨游间。蜉蝣邈邈驾天地，栗米盈盈虚苍澜。即白东方黄鹤起，潜紫初明凤凰吟。目眦发指悲自省，俯身低立坚为民。临旧愀然箫泪落，回首呜咽和河山。

头可断，血可流，南山稚鹿鸣呦呦。铅华洗尽思不尽，月向重圆水悠悠。千古恨，万钧愁，三千长苍泛扁舟。有酒何必今朝醉，先人后己乐所厚。飞白鹭，降沙鸥，气吞山河劲力遒。有情有义释鸽去，苦尽甘来战事休。

好儿郎，离家乡。寒暑功，夙夜往。享美誉，立荣光。容颜减，意味长。休踟蹰，敛柔肠。轻钱帛，重槐杨。太息哉，无俪错。忍攘诟，守绳墨。箜篌起，初岁阳。好修姱，苟信芳。天下周，伏四荒。纷纭众，啸幽篁。惟芳泽，不可灭！惟昭质，不可惩！

军训辞（致敬教官）

亲体军兵，七月乃毕。行立卧礼，风云雨日。临师受训，得少艺气。强持不移，守节健体。多言不尽，美外修内。周复养息，严明清义。厚积薄发，方圆有序。散云集雨，聚木成林。

锤炼之余，闲坐嬉戏。师生无郤，上下一绿。忙里偷闲，长快不已。训则凝岳，戏则乐群。张弛与共，恩威并济。荣辱与共，情深似海。茂草拔足，再会失期。

草草收尾，切休见责。千言万语，百口莫道。无为歧路，军礼相敬。热血永存，青春无悔！

弦音

人自上古，始识弦音。伏羲斫桐以为琴，象天地日月。许其木本蕴妙音，故至凰凤非桐不栖，为弦方通万物，不可言也。

为夫吴人烧桐而爨，无蔡中郎识音者，得免焚灰而作琴者与？其若客观蝉见捕于螳，唯恐失之，因杀心见乎指下者，亦岂招以音儿见杀，蔡中郎其识音也至此，得非真明之士乎，是假音以通圣。

人之所见，曰闻，其闻者何，盖耳所识也。孔子求治乎乱世，所凭者何，盖礼乐二者也。身之六感，谓视、闻、臭、尝、触、意，盖目之所视为最，而所听闻几并重之，稍列其次，言音之重、要者耳。师旷者自幼习乐，不得其所，谓所视繁乱，故不得浸进于乐耳，遂自毁其目，久后乃能以音声推逆，闻风而识八方得失，是音声能通幽微，弦上之圣也。

昔晋师延作靡靡之音以纣，纣既自伐于武王，师延自投濮水而亡，后卫灵公夜止于濮水闻琴声，召师涓以写之，师旷闻而识，曰："此亡国之音也。"何耶？夫王者，上横象天，中横象人，下横象地，一以贯之，智圣者也，而有德，故人咸从之，为天下表。自上而下，王威而天下治，无威则乱，故其为王也，居高位，享尊号，出田猎，驾驷车，服华服，食珍味，号令天下，然止于此乎？王也，民心附，所以居高位，享尊号，利军兵所以出田猎，政道通然后驾驷车，民体蔽而后服华服，民无饥馑之虞而后食珍味，使民无患而后能号令天下，王既靡靡，百姓何振！正是"百姓不足，君孰与足，百姓足，君孰与不足"，岂独少音哉！是音声之响若此耳。君其不得善音，虽欲安治，其焉得哉，无乐，礼何独存！

然人皆识弦音，谓宫商角徵羽，另设变宫、变徵，诸音各有其用，其孰能解不振之响、无弦之音！陶潜得之，曰："但识琴中趣，何劳弦上声。"驺忌以琴谏齐威王，此二人岂识琴者欤！弦上之音，发于指，而实源出入于心，物振入耳而为音声，其之巨力奚自？景而响于人也，既发而返，人与弦意，而弦复返意与人也，音岂出弦！伯牙习琴于成连，三年而不得其指，成连引之东海蓬莱山之侧，以其师方子春教之旬日，伯牙曰：
"将移我情。"而子期能知其意，是以声而交心也，
子期死，伯牙破琴，终生不复鼓，亦岂因琴音再
无人识？其已得无音之乐耳，胡为乎复鼓，是交
心者交之至也，无声而响绝天下。

弦音之妙，发于指，得于意，收于心。

金子

江南有城，曰乌弗，其人善礼，民风尚孝，
久矣为诸邦之典。

城中有户焉，家四口，赤贫。夫引牛耕，妇
伴犬织，惟老母兼幼子，日逐食粮而已。

子二年，会大旱，民咸被战火。夫乃与盗党
谋，分兵甲，遂以孝唱于乡间，即应，举壮士执
锐器攻府库，不能下，众心剥离，亡者十六，莫
能禁。

夫日结眉，妇谓之曰："忧炊米之济乎？"

答曰："非也，不克也矣！"

曰："退乎，还耕可与？"

对曰："妇人何愚，吾若羝羊，不触则已，触蕃，挂角，不能退，不能遂，而今近溃，进则已，不进，吾何存此残身！"

曰："妙哉尔之所唱，既集人心，亦复治人。"

夫是大悟，乃擒民人守府库者之属，驱而前，遂克。

夫大喜，欲以锐继进。前有亡者，咸归，众而不知进，侵占财物，以此自满。夫是豫豫，以为不遂己志。

妇曰："大旱将尽，人欲得雨，斯雨至矣。雨至，井溢苗生，人畜相安，牡牝无事，虽唱者孝，亢龙之极，思振飞与？不以礼乐兴邦，君父之忠孝，失其准也。尔角既脱，退乎孝辞可也。"

夫遂广积其金，默不行事，日惟宅居而已，秘使死士，阴杀与相厚者。妇亦不出，夫虽患之，忌器，不得。如是期月，人莫有知之者。私置金匠于室，炉火彻夜不息，乃煅有神像三座，威仪和厉，背俱有书"天予某某，官不得夺，民不得取"云尔。

又数日，堆草屋一室，举家迁入，划薄田半亩，衣粗褐，自为耕种，选牛之顽劣者拉犁，并掘深坑，埋金像于田畔，于匠人之侧。

三月，大雨，既霁，大兵来至。民无所求，其乱遂止。夫日减家中之粮，仅足口食，母不得其养，子不得其抚。

夫妇乃诈为商讨，计以与人得知，欲仿郭巨之事，而面无戚容。既得金像，外言天予，人莫有知。

忽一夜夫妇寝，梦一金甲神人，喝曰："尔其为人乎，民其为人乎，尔子母其为人乎？孝之于行，尔为孝乎！"

既觉，背生人面，痛不可当，不数日而卒，所聚之金，抄入府库。

孝非尔言，敬爱之体于行耳，泥其刑且不可，借其名可乎！金之与子孰重？

指鹿为马

秦赵高其人也，刚愎自用，故善媚上以欺下，但有违者，即行铲除，因人皆畏惧。为皇胄远亲，入仕，始为中车府令，兼行符玺令事。始皇既崩，作丘沙政变，谋诏与李斯相，迫长子扶苏自尽，以立幼子胡亥，便其掌控，乃自为郎中令，独揽大权，专断行事，结党营私，繁徭役，行暴政，以乱朝纲。

二世二年，诬谋反以诛李斯，代之以为秦相。欲为乱，恐群臣不信，乃计设验，持鹿以献二世，曰："斯马也。"二世笑曰："丞相误邪？谓鹿为马。"问左右，左右或默，或言马以阿顺赵高。凡不言马者，悉除之。

二世畏乱，患国臣不附，忧心于面，赵高谏曰："帝欲治乎。"

二世对曰："然也，丞相以为何？"

赵高曰："国中旧臣，迂腐难治，不若'换血'，去旧臣以立新士，惟帝听用，如之可享安乐。"

二世以为然，戮旧臣如戮犬豕，功过之臣，尸山血海。荩臣不得谏，而奸佞之人得势，举国悲愤。

二世三年，赵高复害秦二世，立子婴，不意反受其戮，诛夷三族，是蛇蝎之心终报以斧钺之诛也，后世当以为鉴。

玉石

战国乱世，和氏之璧失于战火，流落草野。野人不识，弃诸道，有若白石。

忽一日，难民流于途，偶得之，曰："此和氏之璧也，吾等当往献赵王。"之赵，未见王，早有访求之士，欲售之，不得已，与之。其人转取献诸赵王。王悦，封之仇由，其余赏赐不计其数，中道而杀之，外言有疾，人莫敢言。

时有叛贼数千人，皆甲士，攻邯郸，赵王惧而走，府库珍玩，遗失无算，和氏之璧，复弃诸路，过者咸以为白石。

后国稍安，有顽童嬉戏于道，见璧，幸无缺损，爱其白润，请归于家。顽童之性，须臾转去。恰桌脚醉，摆不定则，和氏之璧遂置身桌脚之下，忍耻含羞。

天其向晚，农人荷锄而归，顽童逐父母还家，舞拜桌前。和氏之璧欣然受之，以为有识之士，然闻其父云："先父。"云云，方知此桌即人家之供桌耳。举目看时，见青石一块，琢而为人形，端坐威仪，恍若生时，前有神牌一块，标注其名，一如生前供养。

至夜，犬吠绝，人声歇。和氏之璧自为悲苦，不由哀叹："人生苦短，倘得至宝，亦可尽欢！"

青石和而歌："辟如朝露，去日苦多，徒坐蹉跎！"

和氏之璧闻声，感曰："我为白玉，子为青石。我旋愈下，子得其时。"

青石对曰："千击万磨，我形成就。子无损伤，能尔荣久？"

曰："尔其不知，我自有故。卞和始见，数年劳务。初为进献，玉匠言欺。为刖左足，佐杖强行。厉王既下，武王即位。辟如星辰，转还移进。再献吾身，王以力漫。复加刑戮，右足为刖。武而后文，国改家易。两足不存，进献无门。卞和抱玉，哭于荆山。恸尽双行，泪继以血。文王感之，令人剖衣。吾方去壳，光以示人。后经辗转，反复流离。左近之事，吾之赵国。赵人雷动，欲识我面。王惟得我，秘不授人。斋戒五日，礼仪完备。呜呼今日，好事多磨。下降人家，与尔平足！世人之愚，好玉不识。弃置道路，有若顽石！天其怜我，勿令有失。"

青石端坐，白璧环圆。相对悄无语，惟见井心秋月，宛然中天。

刺虎外传

东北有大木，其围十丈，木之处林，他木咸若草茎。其林方十里，中有虎焉，吊睛白额，每以过往人畜为食，人莫敢近，必欲过之，则或三五为群，佩刀而行。

凡五载，春回碧落，有雄虎徘徊林间，虎遂逐之。六月，产一小虎，倍爱之，哺以乳，继以肉脯。小虎日逐嬉戏，无事。虎每出猎，时携鼠兔之类，亲以教小虎扑食。小虎得血肉，益见凶猛。

次年九月，有鹿群往产于林，虎见辄捕之，独食小鹿，以其股之鲜肥哺。小虎偎虎，食其半，虎衔枯叶以覆肉，不为已用。

如是三年，小虎长成，惟身尚幼而已，虎及

出行，每与携往。小虎日捕猎，时有所获。母子相亲，无邰，虽林有二虎，亦相融洽。

忽一日，小虎得异兽，牙长三尺而人面，马身牛尾，身无毛，人未曾见。既归，虎拆其脯，小虎欣然欲食，然虎转取自啖耳，又拆其股，矣不与小虎沾舌。食毕，惟余瘠肉，小虎不满，亦以为虎其过劳，遂不为意。

如是旬日，虎既得食，即尽餐毕，虽有不尽，曾不与小虎得之。小虎猎，得食，亦取夺之。日惟投出零星肉骨，不足以饱，勉为度日可也。小虎懑，亦不为作，吼啸而已。

又延之旬日，虎其得食，辄己食尽，小虎欲食，则起夺之，不与食。小虎饥困嚎嗀，虎视若无物。

五日，小虎眸绿，乃自噬其胫，虎怒止之，剪尾咬掌，爪牙铦然，径以小虎为仇，逐之，小虎惧且异之，亡，不敢撄其锋。

小虎既惊走，虎复食人如故。十月，霜落，上下一白，北风呼号，鸟雀潜头，人迹销绝。虎不得食，偃卧弥日。及其将死，有新跛之兽，撞于侧畔，垂死。虎取啖之，其肉数日不腐，赖天时也。

冬日既度，万物咸亨。虎饥已甚，不得猎，复有新跛之兽与遇，遂扣其颈，杀之，虽不武，不咎。

又一日，气见和，虎觉老矣，目见昏花。既出，见牛犊，亦跛。虎欺其跛，将欲捕之，另有大虎，形虽小而体健，亦来争竞。虎弓身而吼之，欲以威慑。大虎亦吼，风为之聚。

两虎齐出，爪牙相向，牛犊既死，两虎相扑。虎展威风，毙来敌。卞庄过之，双得其虎，美哉！美哉？双得其虎。

鱼兮欲升于天

鱼兮欲升于天，必先潜兮于渊。潜渊兮可升天？可亦无可以焉。金鳞乎池中兮，得其一隅而偏安。顾后其瞻前兮，竭囚水而化鹏。振羽兮固翎泠兮，其鲲形而未敛。化鹏兮其尤隐兮，跨北海之覆翼。负青天其图南兮，怒北冥而绝云气。蔽日兮以障目兮，呴（xu）朝云而吐气。及解羽于田荒兮，陵万顷之须臾。

　　鱼兮欲升于天兮，曳长芦而伏低。辟沧浪之顿于苔井兮，俯仰而终息。细禽铩羽而至于環顶兮，逞怒蛙之狂气。云夫昆仑有柱高俞天兮，围三千而周如削。煌煌然有禽谓希有兮，靡鸣食而南乡。其登之而自通兮，接东西之赤绿。将翔而投诸扶摇兮，吾不知其几千里也。极天地之邈邈兮，阴阳相须而益工。蛙固踊而好跃兮，踏薄水而窜空。既俯浅而气滔兮，又缅沉淤之沙砾。苔壁滑而亡知力不足兮，覆背而蹒于泽泥。乃期一臂而脱于洼牢兮，岂不闻贪禽之鸣腹！

　　鱼兮欲升于天兮，潜沉渊以成势。金鳞苟润于池兮，非偏安而食困。伏枥兮以为常兮，长消磨其遂钝。执周砥而投圭兮，掩葭服而折兰。四海应吾以洪惊兮，礐（que）相濡以清甘。杳杲兮其交替兮，刷渤澥乎春流。抚檣兮以穷歌兮，登堂野亦迁忧。三闾其行吟而自沉汨罗兮，被宝璐之素袩。原聊以遣之兮，鄙草履而及茅荃。放翁其枕戈而气吞残虏兮，着霜衣而修鬓。哀榆柳之零落兮，蹉跎项为之强。

　　鱼兮欲升于天兮，潜狭渊以积力。金鳞之于池中兮，聚郁郁之盈瑛。长躬兮以吟哦兮，吞日月之精气。昔刺日之见逐于夸父兮，极尽者江河大泽。恨生兮其不逢兮，焉得月下萧何！怀巨力而无所施兮，时恐及所不能常胜。既踟蹰而不知其往兮，托鸿雁于朔风。进激浊以求道兮，遗虚怯之后止。腾蛇其乘霞雾兮，亦盈缩之有竟时。三杯拂剑其高咏兮，得闭户而不顾？敢不奋鳍而负天兮，击玉壶乎夜紫。宁投此身于无情兮，生曲其犹死直！

鱼兮欲升于天兮，寄万世与流云。金鳞之于溯游兮，预腾飞而化龙。化龙其莅九天兮，吐朝暮之无穷。因头尾而起于壶口兮，穿河津之禹门。飞晋峡其点额兮，乞翔越而挂尘。非己物而强夺兮，无益而须相易。何如待时而一跃之天外兮，凭御风之逸气。安得鲸波荡气兮，蒸云梦其撼岳阳。请辙飞熊之注冰心兮，效卧龙而耕南阳。是以临渊而羡鱼兮，不若退而结网。

鱼兮欲升于天兮，潜渊兮其如芥子。金鳞之于狂澜兮，显微躯其如泰山。抱青琴以终身兮，惟愿齐路之相遇！

急急如律令

夫古人之见雷，以为正气，惧，曰神罚，因名之律令，故有疾疾如律令之语，或曰急急，极言其迅疾也，如电，亦可言人心之急，不可测，而常欲速而不达，人其如雷何，急急如律令。

宋鼎盛时，尝有剑客张三，性躁，血勇，怒则面红，善马术，四方云游，以勇气闻于乡间。时有贩枣翁，为其故旧，候张三至，乃托以书信，寄其子。

张三既受属，星夜驰奔，至次晓司晨长啼时，已及百里，如斯二日，之洛阳。寓逆旅，欲寻贩翁之子，无所寻处，日惟闷闷而已。

主人爱其囊重马肥，以为多金之客，欲谋之以得银，惟张三艺高，人谨警，未及得手。忽一日，张三于市，得贩翁子之迹，欲往寻之，归取行囊。主人疑，问之，便留一饭以钱。会天大雨，路塞，马不及行，张三暴怒，然亦无何，遂止。

次日，雨霁，主人苦留不得，纵之北去，因

召旧友为强人状，伏路，待张三至，长啸呼号，加之刃。张三苦战不能得脱，就擒，受缚，移之荒庙，杀之。

主人遂与众人开囊以视，众等见其囊颇重，入手觉沉，已自欢喜，比及开视，果然金银耀目，俱各舞蹈，以为不虚此行。

一人先自垂涎，见金光，眉眼闪灼，探手拿时，一刀早到，刹时剁翻。主人本意震慑，奈开端已见，众等一哄而起，为械斗，莫能止。

主人隐神橱之内，抱臂掩头而旋，未几，斗止，人皆成对，互不分舍，目张须刺，气凝不发，俱卒，惟主人不与斗，得全。

及复寻金银，收取时，乃见书一封，发而览之，书曰：

呜呼吾儿，父垂老矣，齿徒高迈，眼见行将就木，知今生可得复见吾儿耶！天其有眼，吾今托故人张三，忠诚可托，遂属其人，带吾书札，携吾多年贩枣之积金，往洛阳，见吾儿时，即与此金，吾儿困顿处，亦少得济。呜呼吾儿，千万来归，父目乃得瞑矣。

呜呼吾儿，一十三载，骨肉剥离。父垂老矣，吾儿幼时，家无余粮，国无荩臣，赋税盘剥，儿无其母，父养儿三年，竟不能支，乃寄儿于城北吴善人家，今十三年矣。父思之痛，贩枣偷生，日夜呼儿，惟知儿幼时名泰保郎者耳，焉知得复见吾泰保郎哉！吾儿其见书，当速归，父悔矣，早知今日，当年何图速哉！呜呼吾儿！

主人览书毕，不觉泪坠。公人闻讯至，捕之，其欲速富，反速死尔。

人其如雷何？急急如律令。

鬼怪篇

人既土生，亦复土长。落英枝头，木亦有其本。由本及支，支还生支，是为众生者代代之所相传也，累世及此，颇见纷繁，其所传者何，智体而已矣。为体易传，为智难衍，而传衍至今，盖一物以载前人之道也，故荀子《劝学》中云："吾尝终日而思，不如须臾之所学也。"是文以载道者耳。

文既载道，而何用为文？是古人象天地以为

符刑，诸刑一应其义而代之，遂以成文，相交通也，乃明祸福之损益，阴阳之消长，盈冲相济。既济，灵长于众生，为人，何哉，文其载道以通人，个人匹夫，岂足道哉，人咸聚则何如，故长。

文其载道，大道始行，众生乃无所觉，犹自承袭，母行子效，母殁子存，盍作焉！由是人日智，乃自别于禽兽，自谓非凡，其实尚昧，惟己不知之也。间或英才，工文而得道，或圣或王，卓尔不群，人及得之，若饥馑之见肉，若骤雪之扬汤，拥而戴之，以为常，自斯人益别于诸物。

文其载道，圣王咸立。外物无敌，内修无抗，遂定，治世。耕织农桑，卿士奴僚，上下井然，人心无移，闲常无惊，及见有物异诸所识，即曰妖怪，兼之路陌之不通，南人以北人为怪，北人讥南人为妖，东西决绝，有诸异者，无过少见而多怪者耳。"人失之，人得之"，亦或"失之，得之"欤？文而不质，符以象异，此方妖怪之出耳。哀哉，哀哉，失之也夫，几人得之！

人虽自异诸物，然禽兽有殁，人其得长生者也乎哉！及不禄，刑神俱灭，后生不忍为虫蚁禽兽食，掩之以土，哭之恸，而后有思：己卒之年，当之何往？乃自慰言，人死为鬼，又撅土为池，因以为鬼下往黄泉。是祖先既殁，设虚位以纪，犹生之时也，曰鬼，至下数传，乃成宗庙。后人但晓人死为鬼，独不知鬼者，聊慰失祖之痛耳，乃妄言鬼语，亦岂知根知本之人！禽兽且知兼爱，人既自尊，何不善耶！是智体更需有德耳。

鬼怪之谈，人曷与昧！圣王何独异乎常人，非智术百倍于人，其皆大德者也，兼济天下，一以贯之，岂独博学而多识者哉，今当尽择不经之谈，务令真实，方不愧于承袭先绪，遗布后人。

易道篇

永和九年，有通《易》长者，姓莫，名友，字曰戒，人号虚有先生，讲易于门生，其时值善为文者从听之，乃私志其事，今余权叙之，试窥其妙。

秋风疾劲，摧树崩石，先生与门徒列坐于庭。时有善徒七人，曰毛，曰林，曰角，曰羽，曰昆，曰曾，曰禽，伏首恭听。

先生瞑目良久，乃举言，曰："二三子，知易者何与？"

羽对曰："夫子之意，易者，吉凶推逆，过往知来，人习之，得其道，可升仙。"

先生复瞑目不视。

禽曰："夫子之意，得非明易者知得失动静，阴阳相易，得乎天道与？"

先生但不语。

林曰："夫子之意，得非阳生之，阴长之，天地成之，万物有之，阴不离阳，阳不离阴，阴阳相济，方得为易？"曰："易者广博高深，然其义理颇易寻也。"

先生观林有德色，惟推不见。

角曰："兄长差矣，如余观之，研易道，还从卦象来，连阳断阴，六道消长，玄玄之似不可得，以象万物，天含地而生人，山泽通气，土水以为媒，有火而动，雷以正身，风以养势，诸般并用，物是成形，此进身之道也，夫子之意，得非此与？"

林惭，不敢对。

毛拱手曰："此诚至言也，然似有不尽。卦爻之间，上下者耳，其有上下而何，合而后解，任意连断，而后去头尾之分而成环，则八卦在其中耳，是无穷而有穷，此易之道也，天地以是成形。惟吾能知夫子之意。"

曾欲对，昆止之曰："兄长且住，毛弟休矣。夫易，岂在一身，诸位之言，颇似有理，然易者既阴阳相济，本来如一，复区别之何来？天既含地，山泽通气，连阳断阴，上下一体，消长损益，其阴阳两仪，无外出乎无极也。无极者何，盖一者也，一者无焉，是谓'道生一，一生二，二生三，三生万物'者耳，其天地为一指，万物为一马，尔岂有身哉！无身，仙自何来？谓易者何，吾即易也，相易者何？如冷之就热，浓之就薄，转化以达其衡者耳，少则就老，富之济贫，本来如一，何划界之太勤，我即天也，即神也，即仙也，如人手之为人身之一物耳，此地之为国之一隅耳，众位何愚！夫子之意，易道当于此耳。"

曾曰："且休妄言，静听师教。"

先生但瞑目而已，终不发一言。

良久，曾乃大悟，仰天大笑而去。众弟子咸不得其旨，亦渐去。先生但瞑目而已，终不发一言。

难易篇

简之为简，易之为易，知之而后觉易，是其"不知须臾之所学也"。其不知而后思之，是觉其艰，以为难易。

伊一指之卵，使立之而立倾覆，何耶，欲使之立，惟不能得，无如之何耶？而人皆以为难，童破卵而立之，则人皆以为易。是难易之辩也。

昔墨子善机关，尝削北山之硬木，刻而为飞鸟之形，三月不成，及其成时，羽翼铦然，指爪望若竹节，乃为琢双目，人不敢与视，发之，飞鸟若血肉之就，环室三日而不落，人咸以为神，大户乡绅，欲以子而求为徒者甚众。墨子开堂教授，悉以其术而授之，童子得其术，以为甚易，委之而去。是墨子之术，其难耶，其易耶？

立卵飞木，非为难事，而人何不能？是不知也。其术虽易，而人莫知，亦不能行也。钻木取火，筑木为室，事非艰也，而燧人氏、有巢氏，何以而王为？思之而后得之，难；效之而后知之，易。苟不能洞见其妙，易则为难，难则为易，是夫简中见其繁也。

初心

所谓初心者，意之始也。见色而起意，意而后动，动而后能得，物由是生焉。

既见色，乡之，立预，遂知其所从，初心定也，见杂色，又乡之，取于它逐，是为忘初心。即如癫犬之逐兔，兔走，追未及尘，复垂涎于鼠，未及，反吠路人，此忘其初心者耳，人惟过之，或无有所成，或成非所得，或损身折命，何异乎是犬之见剥于人！忘其初心，不念本意，祸且至矣，得进也否？

古有谚云："人心生一念，天地尽皆知。"为人也，见色起意，何可谓初心矣，然初心亦岂之初始之意哉！恰似无毛之鸡不为人耳。有欲，人之常也，无欲，则死。有喜恶而后有欲望，兼有喜恶参半之事，虽厌之，为乐可图，从之，无恶；虽好之，苦不堪言，弃之，有味。武人尚勇，不惟力耳，小儿退虎，犊牛击角，非孺子之能耳，盖彼此有畏心，如是焉措其爪，人既能择，诸事俱且决乎一念，起意，孰不可谓冲动与？冲动，非好恶所以生欲耳，受激，体自应之，非人之本欲耳，亦或可曰从心，然其岂曰初心乎，非也。冲动而后有欲，驱人使之，如怀恨饮仇，不报不能得快，长此以往，人其不为其人耳，安得其所！人其不能复生，仇亦岂能得报哉！无过伤者复伤人耳，了不？虽持恒，得为初心哉？初心，人之所本愿耳，天性使然，不忘初心本愿，不泯天性，许几近矣，一时之激，虽久亦激，不可为轻耳。

既云天性，古今智者，咸有所想，曰善曰恶，人莫能考，皆有其理。天性善恶之数，莫测，人各有别，且周身外物，人岂独尊其天性，古多以喜乐以为性。由是衍之，

诚信在心
——题校园运动会

拔彼苴草，漫所用心。伏彼莠莠，中心养养。

拔彼苴草，焯然有裁。伏彼野人，不矜不习。

杳杳冥冥，昏昏屯屯。启子环子，不所我之。

拔彼苴草，伊言来思。伏彼罜罜，茵茵如些。

拔彼苴草，发伊茛茎。伏彼芀草，氤氲凯风。

无话可说（无言）

子曰："君子之德风，小人之德草，草上之风，必偃。"何也？不偃，必折，木劲招风。

闲坐书斋，小曲盈绕，惟惜哉者而今久已无梁矣。亥时饭罢，凭古桌，心绪怅然，发墨欲书胸中事，忽而投笔，未及从戎，早被战火，因回锋转念，书此杂文以叙。

人生之乐，莫若家家、友友，家不家，忧；

友不友，屈。家其为乐，长长幼幼，同心合德，是聚一体而复发诸人，乐，无忧；友其为乐，志同道合而能相为解，乐，无屈。同家之人，岂不相知哉！

人不可久静，动则活，不可久独，合则和。有旁人衷心虑吾之事，增益吾功，吾应固喜而受之，再思其言理，然其人智己，所言俱与实脱，言之不缀，强令相从，喜哉？忧。

夫庸者，守正不变者尔。正者何哉，或言者本心，不可夺也，夺，失志，不复为人也。爱菊者不以五斗米折腰，盖己之所不喜者，虽利禄，不为，虽功名，不取，仁义，是成其名禄者尔。性厌之，亦岂乐从，性喜之，亦岂有厌？为人也，必为者何，中庸，除此，无为所必为者尔，从心而不从欲，不从人。伏身低首以事吾所不喜，弃我乐益之事，虽千金不为尔，复言之何，宁弃！

有言则长，无言则短。我言尽乎此尔，哽塞不畅，气为之结。今已无言，长话何益，固知江山之易改尔，非节矣夫！呜呼无言，有言则长，无言则短。

烟煴异闻志

莽莽荒荒，肜肜洪洪。天地烟煴，黯出星芒。时其古今之不存，万物阗茸而类芃芃。昏昏然其不见，日月藏其无光。

有大人焉，头若崇峻，身拄八荒。任大斤而刜怀，履厚土以实楛。翚翚兮沉沉，比昭昭而后烺烺。舒巨臂以挥重器，开日月而后合光。天其何薄，地其何虚。身代柱以戴上，足蹬绳而汗下。天高地阔，山岳合泽。大人既殁，血济江河。立四柱以擎天，撑八绳以荷地。

太冲守庸，万类始生。草荣荣而被露，野圹埌有无乡。去隔而后有合，之天地其一马。夸父其浪逐六龙，豀长躯而勠勤。入无极之一指，辩名实而二三之。

万类业业，有女娲焉。团泥泞以为人，结精血以照己。吹清气以为声，描大块以作色。人之作耳，凶腥难抑。日逐猎而采物，柔则茹之刚则吐。

会天倾以地陷，五雷降以轰崩。山雷硠以落石，云摧月以下降。女娲其炼石精以补天兮，殆阴极其有阳。日始升则已落兮，逗景景之相从。天既平以地镇，阴阳分而后合。

人需有其年。是人也，虽寿如彭祖，久若龟华，难保乎耳久长。女娲既伏，谁复凝彼鄙尘以化物？是以人分阴阳上下，男则力之，女则巧之，使安其位，化生男女以行衍乎后，不绝其祀也矣。是我之敬女，非爱其貌，非赏其姿，盖敬其母性也已矣，人孰无母！女士之优先，非所以特之耳，以长万之绝力，虽弑主其不忘老母，比于吴起何！

母之爱子，曾参杀人。所以投杼趣走，非所以摈儿免祸也，人不得参，必执其母，参不返则无伦，反则有殃。为母也，虽目患其瞀，足患其蹇，言语羁迟，岂摈儿耶，吾由是敬其女。

母必有父，阴阳调而万物生。纵观宇内，虫蚁尚且如是。二八逾墙而从，古以为失节，而今自在中门矣，为人岂泥古哉！佳人有意，虽千里亦在咫尺，岂尔序规之所能禁！窃以为当收放有则，古今中外，天壤之间，人孰不爱！乃铁石乎耳！彼既深沉而真挚，且未有过格非礼之妄动，何由而惩之哉，不如释之。然彼二人，既知有规而故犯，虽无悖理，亦当有惩，以戒众心。庄子以为人伦大于法制，然非德何以安，非法何以治！殆如割鸡耳。

余为是文，非有望轘二人于水火，亦不敢令更旧制，如石投海，取有其声沫足矣。公等或望文而循其理，余不胜感激涕零之至。

伏维敬启。

与葛子书

久慕芳邻，不暇与适，以至相见不识，今日之事，良我过也。

自我相道之不察，彼野人甹甹，不以为物，绒翻以挐，结彼朋党，之我于斯，日逐惊惧，寝食俱废，得其一隅以偏安，苟欲不祸也足矣，焉敢有亵清居，以至相见不识，是我鄙人之所疏处一也，非伊是日，几共朝暮而不识其面，如入宝山而空手往来，我过二也，虽溱水淳滢，难濯其辜。

逮天晚言归，有衣置案，莫知其主。掖人顾而谓我："想是帝子湘君，授其'无邰'于此。"我犹未以为然。不意竟有天人，乃径置案，取其衣而复以一衣易之。方悟掖人之言孔是。

以我过之彰，愿乞有赦，予不胜感激涕零之至。

请愿书

谨呈英语孙老师，遵命作文；夫作业者，请君免之。

余年近十六，未曾自羁鸟，畅舒怀兮乐已好。喜习古今才情，置诸文章内外，略有小成，不敢私藏。

学生书生意气，见不正而生咎，回首自窥浅薄，方觉羞于启齿。吾闻季路者闻过则喜，愿请舒言，乞毋罪之。纵观古今，陈涉及右军者，其非年少而兼怀天下欤？长幼者敬慈之，而安可自为尊！即以长逾家君而恕不堪用，则尔言计须皆从吾祖父耶？非愚而何！自拟李杜而实为马虎，进磬退穷，可哂可叹！言出肺腑，万望纳之。

师之常言者孔圣之道，籍以育人，岂有不知因材施教者夫？其乾坤覆载，君子风骨，故"圣"者，中以一人立地顶天，法承自然，而耳善纳，口能传也。夫子身毓之，成七十二贤，后世乡人，与有荣焉，是"老者安之，朋友信之，少者怀之"者也，然安居之？承其师者柔也。是故教在受教，有为乃虚举劳，塞堵无益；无为非真垂手，因势挥斥。

吾知者著文还需身心爽，佳作需出闲暇时。如无此二物，万般皆废矣！世间无情人有思，为之奈何休固持。取法无变，而人心向背，各有所异。桃园歌醉，翁亭欢饮。人各怀志，不在年高。勤学不废，实不在表。连缀星汉，值岁莫荒。植用常人，则琼葩亦无奇，和氏得全体矣！

他山之石，可以攻玉。焉琢之哉？濯以清泉，投之瑶池。

悲夫，今有白璧，丁不识而不以为贵；仙山万座，等闲闭而不知其所！惜哉，拨云难睨日，重锁落天关。削足苟适履，悲喜自焯然。

自明书

　　生闻谦让之为德也大矣，意颇然之，奈今势若御虎，力不能制，必为虎伤。因是纵彼亦心许此地，虽我欲让，谦以修睦，不可得耳。此地殊非冲要，然亦几我辈先于积薪者之所必争，有人居前，必有滞后，是其位也有限而其欲也无穷，律虽严明，不能悉抚，我而欲前，又不使一人补阙，只此一处可也，且彼未及我谋而私裁，与言之而不让，先失大义，生盍去之？言师或虑我于不学，殊不必然。生日踞后排，与师也远，每欲举目，难于辨识，久之遂怠于听讲，前虽有踞前列，假时日而不见其效，是……

　　此非椎之处囊中，其芒立见，诚钝刃之新磨也，日无所损，而锋渐出，及彼新发于硎，则必以惊四座！如不能及硎，虽假以年，唯有锈耳！不若仍措我于前，虽项为之强，亦当勉而奋学，一如即硎之刃也。

　　伏维敬上。

罪己书

余连日留连迷阵，窃为欢欣，殊不知光阴易逝，已逝其莫能寻也。夫子在川上，且曰："逝者如斯夫，不舍昼夜！"今人何不能解其意哉！夫子之师老子，是智者乐水，其水之不舍，况于人乎！累师三令五申，罪不在帅也而在士，余当改过，诸生亦当自勉。

老子曰："吾言甚易知，甚易行，天下莫能知，莫能行。"圣人被褐怀玉，知我者希，则我者贵，是不图乎虚名耳。其何能为之者，盖其怀玉焉矣耳。内里无实而心实者，则实心葫芦其所无措之也；内里无实而心虚者，则圣器其不可量乎量也；内里实而心虚者，其未之有也。天下之大，有其甚而莫有其极，孰可谓全知乎，全能乎？而内之实何来，敏而好学，知止不殆，笃信善思，可也。今余不思进取，惰以自隳（huī 毁灭），此余之大罪一也。

昔者宰予昼寝，夫子曰："朽木不可雕也，粪土之墙不可杇（wu 粉刷）也，于予与何诛？"又曰："始吾于人也，听其言而信其行；今吾于人也，听其言而观其行，于予与改是。"是赐之不敢望回，余何敢大言以一而知十哉！今既不能得一而知十，又不能悬梁而刺股，其何以为学也！夜则不寐昼则寝，尔何失天时太甚！自损前程，是余之大罪二也。

羊群之结，其团如，然其何能和合乃尔？盖群无病羊，是以昭昭，圣人病病，是以无病，驱病羊而混之群，故举群俱为病羊尔！今既不能逐病羊以离群，则当逐其病者以康众，是小疾不足为病也，且乞一时以改过，后则无复作矣。以己病羊，而入羊群，是自害以害众，此余之大罪三也。

君子善假于物，故入水不沉，日行千里，其仙乎？舟、马可也。婴孩其生也，昏昏冥冥，以其潜力之无穷，天资之聪颖，而入于虎狼之邦，其能成人乎？故师者，师也。余闻有道而师之，然师之而不能尽其趣，求之而不能极其诚，师者讲法于台，余自卧寐而不顾，则能为学乎？师之于天下，实贵乎天子，重乎九鼎，闻道有先后，则先而传后，后而承先，今不能承师之道，又不敬于余师，何其愚哉余黄头尔！此余之大罪四也。

有此四大罪，虽万世基业，亦且毁于一旦，况乎无基之浮学乎？虽有赦三死，亦不为免，得无步良夫之前辙乎！幸而悬崖有人催勒马，尚不至万劫不复，谢复谢之，以明余志。自今伊始，当自新矣。过不足惧，足惧者过而不知过，过而不为过，过而不改过，其为过也。诸生莫效余愚，朝不知惜，莫何悔耶，余其闻命矣。

角力

以我之角力也，在乎久而不在瞬，挚长缨以缚苍龙，安搏乎狐兔哉！神羿之斗与熊黑，一鼓而可得也，所持虽久无伤，然及束其胫而锉其爪，虽意在獐鹿，殊不可得也，纵有捕鼠之能，盍用猫耶！巨阙之刃，摧山崩石，比及纫，殊不若尺寸之针；充栋之材，楠阳梓阴，比及食，殊不若绕指之筷。以巨灵之足而步金莲之靴，能尔速耶！圣人故哂之也已矣，吾亦以是为羞。不作之能，何异无有！必欲藏之，宁作！

潜鳞铭

临风洒泪，对月伤怀，髻发鸣篁，削箭梱用。

愚以猥鄙，偶于学文，案以进学，愧晋身之于行列，忝跻足之于胶庠，幸不上辱命。然此身殆浮萍之属，茕茕莫知所乡，河海既不吾容，欲从流而不可得，块踞一隅而俖徙。本意有所为，乃为蕞尔所垂白，荐遭睥睨，是甲生矶虱，燕雀罗帷之境也矣。心远未及归欤，而地尽偏匮，愚独爱其清淡寡味，颇可读书，中心许之，今暂得小清池矣。不岌愚冠而神飞，不阔我服而体削，不忍于人，则必贼己乎！而今自号"平阳子"，以示惓矣而不敢少怠，有慕狂狷之士也。长咸页颔以举票系，凉风飘其奈何！渴桔槔之为引兮，待齐路之相见。勉之，勉之。

谏言书

草民自躬耕于沔北廉南，伏国之一隅，不涉世事，日习诗书，颇感自得，虽不仕矣。然诚欲振乎六合，而兴乎圣人之道也，公或鉴之，慎不敢怠。

公欲行道，必先喻乎教化，今之黎庶，奋于学而惰于思，以其有进身之途，乃废诸学而独转乎上试矣，虽敏而弗能成学也。子曰："学而不思则罔，思而不学则殆。"其为学也进，其为思也明，而独精于习乎？因为考题，以兹活思，而益于教矣，斯学者当傩俛也，而无蔑乎组学。

草民尝闻，"为学日益，为道日损"。窃以为学者当以才气为重。其夫才气之何来？博学而格物，以是日进。圣人之道则不然，其为之也日损，损之又损，而至于无为者，何也？日取其弊而能礜，故牧牝各安，天下大同也。而今既欲耨其陋俗，去其蠹腐以襄王道，胡不申之以义而导之以礼，使其鼐鼐共鼎？草民请学乎商君，勉而为之矣。

的既确，当勖力为之而莫逡也。陈涉穷士，公明末吏，而能成乎大事者，以其勇也，而能决之；陈思王旷世之才，昭烈帝上德之德者，非其能下于无赖之徒耳，其当乱而弗能立决也！当断不断，反受其乱！百结之麻，加以莫邪！胡不振臂而高呼，信大义于天下！是匹夫之智亦不可轻也。

民之有疾而当除，唯公图之，庶免草民之觥觥。

与王公书

子能使三公之德，而行上卿之政，敏而好学，乐以忘忧，恩泽普施于乡间，虽鄙夫亦无有所藐，夫子贵之，吾亦贵之。敝衣而不耻列于狐裘，吾度量而自谓不可无愠也，虽然，日常服陋服，食简食，而当祭必美乎黼冕、精乎饮食，其心也诚；见长而退侍趋立，见上而色勃足蹙，其心敬也。子摄齐而居上位，其呼也众应，其振也群从，而能不自重乎？君子必端色肃衣而后言德，其色不端而暴慢，其衣不肃而狎颓，必恭而后可言乎道

国学共成长

291

矣。是子为国家之表，而不可不治于内而修于外也。启子之额，何其伟也，曰神灯之所在，闪灼而耀，然其光绞矣而不能久，非饱满之形也，而益显面之无冲。锋过利则折，珠过明则人夺，子学未满，子行未成，锋芒且当暂养而不宜宣，此至言矣。今子至于无道之邦而莫能退，即当藏头潜能，以待其时，不亦臧乎？唯子虑之，勿轻忽矣。

敬畏生命　致敬使命

——纪念唐山大地震抗震救灾 40 周年

在天津火车站听爸爸讲起唐山大地震 40 周年的故事有感，那感人的重访场景如在眼前：浓浓亲情的相拥、眼角闪烁的泪花、拉手久叙的牵挂……

40 年前，唐山 7·28 大地震，临沂地区人民医院 10 多名白衣天使快速集结奔赴灾区抗震救灾；10 年前，临沂市人民医院衡雪源院长带队当年的救灾医护天使代表重返故地回访慰问，留下一串串感人的故事。

新唐山早已旧貌换新颜，回访团很难找到当年救灾的故地，却在唐山找到了亲人重逢的感恩记忆，找到了难解情缘的感动感激，找到了重建重生的精神印迹。

十载岁月，四十年蹉跎，无论如何，祖国大地永远与生生不息的炎黄子孙同呼吸，共命运。

不是亲人，胜似亲人，将最好的年华交给最需要的人们，咬紧命运，用你我微弱的力量唤醒生命的光辉！

已找不到当年的汗与泪，无助的呐喊被亲情的呼唤遮过，化为一双双有力而温暖的大手，奋斗在生命第一线，一如当年。身体与身体紧紧相拥，不再是与坚硬冰冷的混凝土胶着。崛起的新城不复曾经的凋敝，祖国四面八方的目光何曾片刻离开这片土地！灾难提醒人们更好地去生活，打不倒人们生存的意志，致敬生命。

老一辈的沉痛交诸尘土，新生的力量仍连接着新时代的心声。个人的力量是微薄的，当我们携起手来，便能挽住无穷的生命，我们坚信，这份努力没有白费，还有人在乎，便是我们最大的心愿。

题郭丰富"仁德"小传

郭君丰富，行医三十载，国之先进者也，百佳突出，十杰领军，最美名医，载誉颇丰。济世救人，硕导育人，谨严求实，潜心致力，自云医者无涯而有极，视患如亲，众皆戴之。

人之爱名者，性也；医之爱命者，亦性也，其必以绳焉？昔神农之尝百草，岂欲显扬于邦，而受敬于国，然则何繇而为之，殆所欲者利人也，以功成而不有，因能成其大也已矣。肾移植者众两千，存活率走高，费用最低，受肾者世运银牌，单卵双生国内首施，微创肾镜愈万例。忙累不辍修习，学养丰富，学术丰厚，论文编著五十有三，科研大奖七项尤嘉。

医者仁心，虽欲轻之，人其有不重之焉？

定风波

秋蜩儽儽幸余稌，兰舟反洎取风俗。饕公或知可欺否？目毋，清平当得半世浮。

一曲还望多讷口，无虞，青琴萧瑟半隅奴。辒辌山白鹗駃骨，须知，凡羞有济不以齐。

柳梢青·赠同窗孙三

倓倓火始，七尺之躯，杳杲相燮。鹜歌搽陨，鸑吐烟霞，杜鹃啼血。

长门傥然失惬，环湖英落倾芜野。缙云逡巡，恍若於菟，呼为饕餮。

水龙吟·江花水月

纵酒横江苍龙卷，眠卧画舫波澜。珠浑帐里，雾凛水外，欹风启帘。

河水北望，湘竹欹枕，缕缕纷乱。穷鱼兔美辞、子虚神赋，三寸心，为那般！

涟涟凉月须回步，且留楚晋中原。极目荒南，多怜秋士，瘦犬吠天。

援雅究散，长门悦悦，顾盼万端。恨长林窈窈，弦歌飘零，青琴声慢。

卜算子·葱葱

新叶绕故枝，故枝不自枯。多情自古催华发，碧落徒千尺。

葱葱复葱葱，葱葱几时息。往来朝暮恨葱葱，何由葱葱如此。

蝶恋花·春荣

黯雷声声起爆竹，霜露环湖，效法黄花去。
难留者青篁楚楚，谁识海牙风郁郁。

一岁新桃一苇庐，雾敛星辰，看云收雨住。
含光坐忘一衣里，无语正对春光诉。

无题

王同学上课睡觉，在讲台水桶的北边似玄龟覆卧，其背两侧的尽头，因相距太远而难以目测；一只手向前直伸出桌外，被书遮挡若隐若现。

玄灵之覆，在水之阳。纵翼之极，若现若藏。
举手之劳，撷幽之兰。垂目之瞑，道于八荒。

满庭芳·春来

　　溪流浪漫，荇次淞岚，闲语冰与夏虫。寒鸦遥远，朝暮侍烛亭。谁言百岁易过，隙世间，万千姿容。穷翰林，年年依样，造化葫芦藤。

　　纤纤，芙蓉曳，烽烟明灭，水漪渟滢。描月见鸡鸣，素手摹红。断桥洲头无尽，对风雨，花火冲濛。折荣了，将之欲去，故人已行行。

西江月·朗星

　　推竹轻掩柴扉，取镜更待转回。
　　为鉴亘古堪长恨，漫天皓皓如水。
　　凉凉修服称体，落红无处归随。
　　仰怀兮纷繁灂灂，空折一枝憔悴。

蚌珠·贺重阳

——十六周岁生日题赠母亲

东海潋滟，湛如绎如。

旷旷澜澜，涎玉沫珠。

言有蚌焉，贝阙珠宫。

惶惶养养，莫之其终。

时值天风，浮水以游。

怀砂蕴孕，三月抱柔。

团精结血，茹苦含辛。

明夜吐泪，黯出星芒。

美珠中月，玉壶冰心。

人爱其珠，莫知其蚌。

呜呼三月，生我鞠我。

蚌不计泪，珠岂无心！

临江仙·庭梅

取道兮庭深几许，看尽黄花如（步）缕。

长醉陶然步行徐。

半点红绡散，疏狂付衷曲。

应知兮朝云暮雨，重托楚王梦里。

九歌云梦复生疑。

将折遗远道，当怜添忧愁。

西江月·中秋夜

墨出三分寒月，雁寄千里相思。玉蟾还顾浑
不见，当年去将别时。

小园西窗闲话，道与画舫人知。往往事依稀
仿佛，须不及此刻牵执。

西江月·昭雪

　　古来摩昭君者多矣，而悉言画匠之奸滑，是词则另辟蹊径。

　　剪烛潸然寂寞，殿屎欤起云罗。衣裳成阁带作围，对影漫盈一握。
　　投笔难摩风采，琵琶西行饮血。恨把才情寄未缺，唯得闲樽浸月。

南歌子·锦绮

　　——题赠赵赞同学弹古筝

　　锦绮一如何，凝语韶光误。
　　信手烟云谁家女？无意枝头轻揽，丝丝絮。
　　贪看弄琴儿，于曲几不顾。
　　惟不知声夺气咽时，可得复相寻见，凤栖梧。

生查子·连城

纪念第十四届"叶圣陶杯"全国中学生新作文大赛现场决赛，戏题中国传媒大学 7.25 午餐。

黄藤乌金甲，白马青蓝衣。鱼服摧城际，夜半来柝音。

语未发，气为夺。三千兵散去，一腔泪难酌，可怜江山零落。

雨霖铃·叙梦

危楼独倚，画栋疏帘，日晚风歇。闲情愁与野鹜，翻转时，纷纷明灭。举饮原无对处，空放心猿过。破六出，梅雨新停，飞霜冲淡玉杯裂。

我愿长羁不复醒，月床琴，扰袖惊流云。十里苍凉古道，人怕见，必欲销魂。青苔乱覆，敝褴服几时乡明年！漫心绪迷离错乱，弦歌休应难。

题石廷琪"诚德"小传

石廷琪者，产科天使，凡二十三载，夙夜颠倒，忘食而废寝者，诚之至也。归则以星月为席枕，出则以雾露为霓裳，生人万计，殊未尝见德色，是人争誉"石头"云。

戊子年七月，夜暴雨，会院断电，楼宇惊动，廷琪既出而复反，市烛以发诸各室，惧其不足，售而予之再。既归，心犹系焉，不能成寐。

若夫生命之术，自其本务，助产之役，亦安足辞？医家亦人矣，力以活人，何奈疏于己室。母病而仆卧，以故不能奉事前后，及其夫被肺癌，抱恨良多。然母婴之嗷嗷，焉得不顾，己心之善念，不可灭磨。是仁者察于毫末，非能利目，以慈故然。爱人之美，人或不闻，而医者已得之矣。

也说土地与尊卑

人们一提到土，常常引以为落后与贫穷的象征，恨不得与老土彻底撇清，然而，土和土地才是生存的根本，没了土地，便没了立足之处。动物排泄带有自己气味的尿液，人类筑起坚固的篱笆和围墙，皆是为了标明自身的领土。自古以来，领土，绝对不可侵犯。

上古之时，随着物种的繁衍，诸多动物生存于一处，肉食者以狩猎，草食者以觅食，何处没有冲突？强大者占有土地，从此争竞和角逐，在这片土地上循环往复。

土地一直上演着弱肉强食，人类适者生存，选择了群居。一人之力有所不逮，则群起而攻之，然而，仅仅群居是不够的，人群还需要一个头领，最强壮的个体，担负起艰巨使命，同时也被赋予最大的尊敬与最优的待遇——这一切，都在土地之上发生着。

强大者以所赋享有的资源馈赠于弱者，弱者接受赐予的时候，便已然定下了从属关系，强者与弱者的地位差距，便像父亲与儿子一般不可逾越，君臣父子，这便是在土地之上的最原始的君与臣。

"普天之下，莫非王土，率土之滨，莫非王臣。"君王首领，便是土地的拥有者，给予人民耕作，可所有权仍操在自己手上，却忽略了人民和土地才是主人，一旦统治者迫不及待地爬到天上，远离土壤，便已然失去了站在高位的根基。天空，以象其尊，土地，以象其卑，中国的文化，向来讲究恭与谦。以古文象形、会意造字为例，如拱手，便是象戴枷之形；如"臣"，男奴隶，以象不敢有所僭越；如自称"仆"，以象与人之忠，如此种种，只有贴近土地，崇拜土地的人，方能领会。

土地没有给予万物以营养的责任，却一直默默担当。而今，如同将沉默看做软弱的欺人者，我们也对土地无比粗鲁，欺人者亦为人所欺，粗暴地对待温柔的土壤，难道可以安然享用无礼行为得来的快乐吗？

或许一场丰收的分量，已然没那么重，甚至在农药与化肥的刺激下，土壤已经瘫软下来，任人摆布，而同人类一起，由土地承载起重量的动物们，也都软弱无比唾手可得，可是，土地真的卑微到这般地步吗？

不，正因为"卑下"，土地，才有了承载万物的巨力；正因为有所担当，土地，才有了衍生万物的能力；也正因为宽和，土地，才有了忍无可忍时磅礴的怒气。

土地的色彩是单一的，土地又是多姿多彩的，呼唤着人们回归生存之本——土地。生而不居，为而不恃，土地是土，天空之下的土地，轮回着贫瘠和丰饶的足迹，也被打上了落后与先进的印记。当人类自以为战胜了土地，甚至脱离了土地的时候，也便离长埋地下不远了。

价值——题赠师恩

有人说教师是传播者

有人说教师是引路人

我不会妄图赞美教师职业的崇高

更不会妄图称颂教师的奉献

因为英雄的事业

从来不需要溢美之词的修饰

传播着的是智慧的火种

我不认同

教师的努力不是蜡烛的光辉

无论做了什么

活力总要流去

燃烧的不是生命，不是热情

教师的燃烧并不因为任何一位学子

也不为任何人而停下脚步

我将看到

努力永远不会没有价值

每一个岗位都值得尊重

感动的背后

　　寒假开学季，母校临沂四中举办"感动校园
人物"颁奖大会，老师们的事迹感动着校园，感动着你我，也让我和同学们一样感受到了冬天里的温暖。

人云，"医者父母心"，生命，从来都不该被草率地对待。教师，同样是医生，不治疾，不医病，只医愚。

杳杳交替，门里墙外，每一个学子都是他们的孩子。

夜深人静，孩子说，我不要做了班主任的妈妈，我要以前的妈妈。童言无忌，她想坚强，可还是哭了。擦干眼泪悄悄走掉，挂上笑容，依然要是充满活力的人民教师。

挂掉电话，她在想，究竟是孩子重要还是学生重要。生活给了她多少个年头思考，却强迫她在一瞬间做出决定。一边孩子高烧，有很大几率转为脑炎，另一边，只有一声老师。

等她照顾好学生，感到医院时，孩子的病情已然稳定。丈夫吼她，是你孩子的性命重要，还是那些学生的运动会重要！她说不出话，若是孩子出了事，她一辈子也不会原谅自己，可是，孩子们的青春，也想要不留遗憾啊。

"我有两个心房，一个盛着良知，一个装着责任。"他们是六亲不认吗？那为什么会在家人需要他们的时候，全身心地去填补那个好似无关紧要的空缺？

登上教师岗位，便要让教师成为天底下最光辉的职业。

"很痛苦，但我每走一步，学生离自己的梦想就更近一点。"六十二级台阶，由两个生命共同走完。"认真，也是一种胎教。"她们说。

苦与痛，更让人意识到生命的可贵。没有人要求他们坚强，可软弱，又该摆给谁看呢。留下的所有遗憾，只是为了不留遗憾。笑容是美丽的面具，上扬，上扬，不会让人看到脑后的阴影，只因眼前，一片阳光明媚。

注：原载《齐鲁晚报》

阅读，让每一个灵魂诗意地栖居

城市中，总不乏这样的身影——指甲缝里满是黑泥的流浪者，眉宇间满是英气的学生，以及忙碌的劳动者。这些人似乎只是被生活捆绑到了同一个地域，可是，有细心者发现，他们有一个共同之处。

安徽合肥有一家二十四小时营业的新华书店。这家书店人来人往，无业的流浪者、自习的学生、难得有假期的工作者，会集一处，翻开一本书，这时，他们不再有所区别。甚至离家出走的人，也受到接纳，许多人以此为家，在这里找到了归宿。

有些人感觉到关怀的温暖，认为人们生来相同，只是后天的际遇有别，即使身份有别，也仍然有改变的机会，除非道德缺失，否则永远不应该受到歧视。也有些人嗅到了令人不适的气息，认为流浪者今天的遭遇肯定和他们自身努力程度有关，那么，书店为什么要无偿地为他们提供服务？

记得有一家图书馆宣布欢迎流浪汉进入，曾引发过很大的争议，有人认为，流浪者身体肮脏，学识匮乏，与干净整洁的图书馆格格不入，允许他们进入，只会影响旁人，允许他们翻书，只会将书污染，也有人借题发挥，批判图书馆允许衣衫不整者进入的条例。

那么，安徽的这家书店为什么要无偿地做这件事呢，是愚蠢，抑或是一时泛滥的爱心？对此，书店表示，一切都是值得的，"哪怕他们只读一页"。

争论者幡然醒悟，一直以来，只记得图书馆是一块藏书的宝地，知识的乐土，却忘记了设立图书馆的初衷，将大量书籍汇集一处，不是为了贮藏人类文明，而是为了方便有需求者阅读！

如今，许多人蜗居一处，日复一日地讨生活，已然忘记了阅读与学习的重要。该书店的行为，不只是一种责任与担当，更是对生命及智慧的尊重，"哪怕他们只读一页"，我们也会倾尽自己的全力，因为我们都是大地上的异乡者，而阅读，让我们得以诗意地栖居。

注：原载《齐鲁晚报》，2017 高考作文山东卷。

叶落知势

一叶落而知天下秋，非智者不能为，并不是不理解秋天落叶是自然的正常规律，而是根本没有看到树叶。

人们常说"时运不济"，更有人认定命运不可更改，或是信奉因果选择，不论消极还是积极，都有一点相同，那就是对"运"的理解。

什么是"运"呢，对此众说纷纭，其中最受认可的一种解释便是，以现有所有线索为依据，对将来可能发生事件的一种预测。或许眼见方为实，可猜想的力量同样不可小觑，历史上许多的实验便是通过幻想来完成的，而猜想，也并不是完全脱离实际的妄想，更应该被称作推理。

事物的发展存在必然性，这也是预测可以为预测的重要条件之一，同时也是一种基本手段。越王勾践卧薪尝胆，再败吴国，逼死吴王夫差之后，召手下两大苌臣文种、范蠡及群臣赴宴，席间乐师鼓而歌，颂君臣之德，群臣皆悦，唯越王不笑，范蠡私谓文种曰："越王可与共苦而不可同乐，鸟尽兔死，你不记得当时吴王的话了吗?"遂逃走，可惜文种不听劝告，最终被越王差遣至地下施展未用上的"四策"，只得携着"属镂"到长江中追随伍子胥去了；孔子见麟被杀，知道不行，乃歌曰："圣人作兮麟凤游，今非其时欲何求，麟兮麟兮我心忧。"伽利略为了证明现实中无法实现的零摩擦力环境下的斜面实验，运用想象完成了理想实验。如此种种，猜想，无疑具有巨大的能量和魅力。

预测，某种角度上而言，并不算严谨，毕竟尚未发生之事有着无尽的可能，可正是这种不确定性，赋予了预测在一定范围内脱离现实的能力，或许每一秒都会发生不可预知的变化。有些人认为，每一刻人们都在面临选择，不同的选择将带来不同的结果，也许，将来真的是百分百不可改变，因为发生一件事，也就意味着放弃其它的可能性，可是，未来也并不是既定的，因为一切还未发生，还可改变，未发生，便可以预测。

水在高处，便会向低处流，这便是水的势，叶在枝头，枯而后落，天下皆秋，便是自然之势。事预则立，不预则废，预测，或许要到其时方可确认，但当事件已经发生，没有预备者便只能自食其果。

注：写 2017 上海高考作文"预测"。

俯就，永远不是平等的开始

——读沈石溪动物小说有感

一个人的成长环境、经历，都会对性格及观念产生深刻的影响。儿童文学作家沈石溪先生，便是在一种追求还原的生命中领略了大自然的一部分面目。

读沈石溪的动物小说，随"动物小说大王"回归旷野。

狮子被斑马踢碎下颚，活活饿死；乳羊被幽囚，被迫哺育狼崽；金丝猴激斗不休、争权夺势……动物们看起来冥顽低级，可是，曾经，人们不也是这样过来的吗，如今依然如此，只是许多手段更高明也更低劣罢了。倘若置身荒野，向动物一样生存，人们会喜欢一身比寄生虫还密集的伤痕，会喜欢带着一身病痛奔波不休，以及一切种种，完完全全拟于一只动物的生活吗？

沈石溪先生看见，不只是人与其他动物，在人与人之间，问题同样存在。贫困的孩子早当家，他们需要的不是无奈的坚强，而是帮助与关怀。在苦难中勉强活着，博得观者廉价的同情，眼泪背后，却是深深的冷漠。晋惠帝说"百姓无粟米充饥，何不食肉糜"，固然是一种愚昧，却隐隐有一种家国情怀。仍然有人在忍受苦难，或许并不是苦难令人坚强，而是不够坚强者早已摧折，如果不能从根本上解决，那么即使漫天的陶朱公，将金银乱撒，也只能是晃花了人们的眼。

墨子提出兼爱，若是人人不相爱而相贼，那么聚集而产生的强大，便会分解为个体的强大，进一步化成相对的强弱，没有平等，没有上下，更没有亲疏，只有人们兼相爱交相利，方才能巩固强大。

写动物，是纪实，沈石溪先生努力贴近动物，而有些人只在动物身上见到粉饰后的自己，如果做一个简单的等量代换，将某只动物代换成某个人，便成了恐怖故事的好题材，人们同样看到了自己，却无法接受自己的模样。人们反对咬人、伤人，对其他动物咬人吃人深恶痛绝，一部分原因，便是因为无法接受自己也处在食谱的行列。试想，谁愿将青春年华，满腔梦想，一身本领，

国学共成长

315

稀里糊涂填了别人的肚子？

多少年来，不知多少人信奉一条准则，人，是高级动物，生来高级，而动物，便生来是任人主宰的低等动物，生来低贱，许多人甚至不愿承认自己在生物学上的动物地位，坚持将"动物"与"人"区别开来。

这准则几乎无处不体现。许多屠宰场，时间以小时计，杀却的单位以万计，只因那是培育喂养着生来便要杀的，人们需要动物的肉，且足够强大，于是动物被杀；不知多少的宠物，新鲜的时候宠来玩，过后就扔掉，即使同样无法计数的宠物能够摆脱被始乱终弃的命运，甚至被当做家人，也终究被看做"动物"；马与驴杂交出现因染色体出现奇数而无法生育的骡子，等等等等，理所当然地驱使、奴役、屠杀，活在人间，依然是丛林。

故事中，李逵手持腰刀、朴刀，闯入虎穴，毙四虎，既然获胜，所凭借的是什么？看虎，牙尖爪利，看人，一双手指甲修短，没什么攻击力，却能持刀。舍弃自身一点优势，却能从外界借到力量，若没有两口大刀，让李逵赤着一双手学武松打虎，自然必败无疑。人们觉得自己高级，并非没有道理。

可是人们渐渐意识到，不是只有人方懂得付出，即使是"家禽"母鸡，一样有着可敬的母爱；即使是一身看家本领的看家狗，也同样懂得勇敢与忠诚。常听见的"难道狗命比人命还重要"，可生命哪里有什么贵贱呢！于是，有些人开始反思自己的行为。

人们聚集在一起，足够强大，又需要约束，于是产生各种限制方圆，若是丢开强大的外衣，让权力，让秩序在假设中失效，将建筑看做树木，将街道看做溪流——狼强大，便能吃掉羊，羊素食，即使强壮，也无法吃掉狼。我们人类只是太强，强到可以不需要顾及其他生灵的感受，才会感觉理所当然。其实，弱肉强食，一直都存在，狼强大，于是羊便低了一等。

或许平等，只是需要换一个角度，在镜子中看见自己，人同样是动物，生命没什么高级低级，生来如何，便要如何生存，狗被主宰，可狗又做错了什么？人类的生存、强大、繁荣，同样是大自然选择并承认的结果。因此，承认落差，然后

国学共成长

37

去俯就，就像在大自然中孤立了自己，然后高呼"人类"要善待自然，和谐平等，那么永远不可能达到同样的高度，即使两者本来便是不可分割的整体。

不同的族类，不同的个体，俯就，永远不是平等的开始。

英雄在中国

——浅忆影片《战狼Ⅱ》

个人与国家是怎样的关系，仇恨与爱之间有着怎样的距离，中国在世界上有着怎样的地位？一切的因素，通通归结到两个字：英雄。

继《战狼Ⅰ》之后，导演吴京又一次推出力作，以自己的叙事方式，探寻英雄的真正含义。

影片开场，面对面目可憎的强拆者，冷锋抛开解放军的帽子，飞起一脚，将自己踢出了军界。有些人在大呼痛快的同时，也提出疑问，是否真的找不到更好的解决方法了，英雄，该有怎样的一副面孔？

影片以利比亚撤侨行动为大背景，向观众展示了一名中国军人在困境之中的所作所为。面对充满乱象的战场，炮火、瘟疫，都不是退缩的理由。英雄，正是个人力量与国家担当融合在一起的关键，可以看到，并不只有冷锋在努力，小到商店老板、医学教授的女助手，大到自救组织的华人首领，到中国军队积极展开救援行动，可以说，每一个努力存活，每一个努力救助他人的形象，都是英雄气概的体现。

只把脸朝向阳光，就难以察觉阴影。不只是狠毒扭曲的恐怖组织，一些普通人身上同样显现出扭曲的人性。人类不应该不惧死亡，但为己而谋人者着实令人胆寒。自救组织中，当听说来自中国的私人飞机只能带走一部分人时，大喊着只送走华人的中国会计，也同样是他，在冷锋拼死护卫众人而重伤并感染瘟疫后，发动众人将冷锋赶走。可叹的是，昨天还因为一句"妇女和孩子先走"而欢呼的人们，默认了这一决定。"离开，我还有更重要的事"，冷锋如是想。功而不居，为而不恃。即便被误解、背叛，无所谓，冷锋不认为自己是英雄，只是竭尽全力做一名国人应做的事。

影片不着形迹的运用了交叉蒙太奇的手法，给观众带来了不同的视角。今天，我们都在呼吁文化自信，我们的文化不止是儒墨道法，不止是经诗词曲，更是至死不改的乡音，更是土地里生根，融入骨血的中国人的气魄。于是，多方比对之下，我们相信，中国的文化值得自信，而影片所希望体现的，正是中国人坚强的意志与坚定的善念，也将在世界产生巨大的积极影响。有人质疑，冷锋的形象是否过于个人英雄主义，其实不然，当冷锋与其它获救者一同驱车赶往中国营地，当冷锋将手臂套入国旗迎风挥舞，我们知道，他不只是一个人，更是所有为他人付出者的体现。故此，当我们看到冷锋黯然吻着那枚夺走女友生命的子弹时，我们才能更进一步的感受到战争带给人民的痛苦，懂得和平的可贵。

罪恶与英雄，应当被历史铭记。我们应无时无刻不记得自己是谁，该做什么，这是一名国人应有的担当。

我是中国人，英雄在中国，英雄在世界。这扫荡罪恶的一脚，冷锋不踢，我们不踢，又该谁来踢呢。

爱美之"心"

——冬至吃水饺观影《食神》

小人物与大人物有多大的差距，合作与背叛之间需要怎样的契机，离与合的力量是怎样巨大？这是周星驰的《食神》迎面抛给我们的三个问题。

食神，贯穿整部影片的角色，从一开始的乖张随性，到最后沉稳中的阴郁，始终有一种令人为之倾倒的性情贯彻其中。食神并不是传统意义上英雄式的主角，甚至许多行为折射出的人性弱点也十分令人不齿，同时，不可否认，这个角色所具备的乱世枭雄的敏锐、进取，与痛改前非卷土重来的勇气，与他的缺陷一同闪烁着别致的人性光辉。

或许并不是大人物方才具有大人物的本领与气质，而是具备大气度大能耐方能成就大人物。影片初始，食神便暴露出他的愚昧与乖戾面，外表方面，西装配超短裤的奇异装束，即使落魄也不改造型。行为方面，买通厨师以选秀节目来为自己的"食神"形象包装，实际上却是连刀也拿不稳的门外汉；对待下属言辞粗暴不留情面，喜怒无常，对待合作者污言秽语横加羞辱，甚至抢夺他人生存空间，以至于招来怨怼，与其只为利益不顾其他弄虚作假严重脱离现实的行径共同造成了最终的失败；性情方面，直到一夜白头之前，都在实践着见利忘义与忘恩负义，一步步激化矛盾，几乎是亲手将自己逼至绝境。

在"双刀火鸡"地摊上的闹剧，正是食神过误的再现，也引出了整个争执与合并的过程。洗褪铅华，不再偷工减料压榨成本，不再为食品取脱离实际的名称，"爆浆撒尿牛丸"的成功也艺术手段再现了食神所处年代香港商界的利益与恩仇，由"死"到"赢"，绝境逢生，正是影片中食神独具的，难以捉摸的本领。

影片轻松的情节中总透露着杀气，如同锦里藏针，阴险隐忍的合作伙伴与看似人畜无害的唐牛，面目"狰狞"内心炽烈的"双刀火鸡"，甚至一出场便被保安架离的梦遗大师，都在某个推动情节的节点上暴露出隐藏的内容，让观者无时无刻不为之"提心吊胆"，即使如此，仍然不得不在一个个不介意的转折与显露处深深为之吸引。

　　而结构方面，影片巧妙运用了交叉蒙太奇的手法，上位者与落魄者身份的穿插，少林寺生活与食神大赛现场的交互，使情节如同迷宫仙境般曲折萦纡，而又在另一处迷境显山露水，如同让人只觉得出口就在眼前却又难以乞及的幻境，一层层云遮雾绕，一次次柳暗花明。梦遗大师在场外与周星驰的"千里传音"，更是整部影片中交叉蒙太奇手法运用的极致，既保证了情节的严谨，又制造了无厘头的气氛，同时巧妙利用了观者的视角，令情节更趋于完整。

　　综合周星驰的多部电影看来，多有一位作为颜值担当的女主，《食神》中，莫文蔚却一反常态，以"丑陋"的面目出现，只有最后因祸得福就医恢复容貌后方才以绝美的微笑流露出无限的缱绻眷恋。作为影片中最大的转折与伏笔，由莫文蔚饰演的双刀火鸡追逐食神到达湖南后，求爱时的爱慕与温婉，遭拒后的微怒与哀怨，发现威胁后的专注，出击时雌虎般的狰狞，看到枪支时的错愕，中枪前的以缘尽于此的惋惜与为"娇娃""甘心剖寸心"的悲壮。不由得观者不思考，当火鸡为食神挡刀后唱着《陆小凤》将满手鲜血摁在食神左肩之后，食神却在为衬衫脏污不快，当混混为火鸡向食神表露心声，表明火鸡的容貌正是为维护不学无术我行我素的"食神"形象而毁，当火鸡出盛装打扮出现在食神面前，用尽气力做出蹩脚的娇媚之态时，食神选择了落荒而逃。士为知己者死，女为悦己者容，这样一位德才兼备痴心一片的怒自，何以备受冷落？食神逃去后，不知多少人为了火鸡难过的泪而泪目。

情深义重，一夜白头。正当观者因物是人非而"黯然销魂"之时，命运却再次摊开了一手令人意想不到的底牌。当时子弹迎面射入，本当绝无生还之理，火鸡却因外露的金牙捡回一命，更在医院补完牙齿，修复伤痕，得以以本来面目站在那个不那么完美，却是她毕生挚爱的男人面前。或许有人因此怀疑，若火鸡没能恢复容貌，食神便不会接受她的爱慕，可歌声里一夜斑白的青丝，随手抛出的仔仔细细画好的钟情一箭，又当置之何地？

随着故事步步深入，而又隐藏在大背景之下的，正是"食神"本身。从食神着短裤出场的时刻，街头算命的神婆便道破其本相，而神婆对每个人都言神仙的行为非但没有使其预言失去准确性，反而映衬的食神最后的感悟——"这世上根本没有食神，或者，人人都是食神"。

在影片最后，观世音菩萨下降为食神免去罪责，复还本位，菩萨的扮演者正是"双刀火鸡"莫文蔚。所谓"超以象外，得其环中"，不动声色间将影片升华到了前所未有的高度。对美食的追求也便成了对美的追求，而一切不外乎一个"心"字，由空虚的口号到真实的情意，每一步都饱含微笑与热泪。

可以看到，即使不够完美，人类对美的追求也从不曾磨灭。人心向背之间，笑中带泪，泪光过后是深思。

注：俗话说"冬至饺子夏至面"，"冬至不端饺子碗，冻掉耳朵没人管"。冬至日吃过水饺看电影《食神》有感。

海棠国赋·海棠赋

　　贞观十七年，盛世方中，黎元晏乐，四夷朝服。高明太子以逼宫事，事败被废，汉王李元昌、城阳公主驸马都尉杜荷、侯君集等以同谋诸。灵修震怒，党同无罪而诸者数万，谪黜无计。时豫州刺史孙瑜以舅党故，迁琅琊司马，官无实属，因寄情山水，夫险绝人不能至者，登之辄狂，啸而后反，亦不反顾。

　　十八年秋，九月即朔，孙子与客携游霏山，古道流岚，相与两失。日薄天外，冽泉出于石上，轰然如坠万仞之巅。青苔布于足下，幽暗难行，方转山崖，有大木以十围者，掖有一亭，上书"奉澧亭"三字，笔势遒劲婉转，孙子美之，案寝其内，侵晓不觉。

　　梦闻环佩玎珰，度客寻迹至，四顾不见，是觉异香袭人，顷刻偃息，不复能察。云影下荫，风动于九霄，过林若凤哕。良久，有女子置案于林下，若卓氏之文君，凭案而涤器，向所未见，恍然若虚。掖有坛十口，非石非玉，温润可爱。因置坛中酒以请，询之，斯海棠之国矣。既辞，复寻旧路，竟不能得。

南行数里，山势峻峭。树影下彻，淞露转浓，群山杳冥不能见。久之纤翳散涣，山色斑斓，视之悉海棠也。林中隐有虎啸，孙子以故事，信步而行，不为所动。

西三百步，有市酒于树下者，凡一二百家，见孙子，出具酒食以揽。以币授之，皆不受，其童子爱其形者，取一二枚观玩而已。酒气馥郁，言海棠之新醅。以为无报，因击节而歌曰："清肌爱血色，不染待折枝。欲将攸慕意，会向丛开时。魏武弱无力，西子避太湖。为惧痴心事，无香更闻谁。"一时传颂，极美其韵。尽醉而去。

孙子既醉，因寻海棠之国，不得路而反。麀麇往来于前，亦不为惊动。飞湍击石，虚空落于千仞，列缺震撼，闻之摄魄。忽尔闻玲，有藤轿承以四役者，穿山之前，告以海棠国主请，欣然就轿，飘然行空，须臾而至，泠然酒醒。

曲水浟湙，潆外郭也；疏土环设，筑内城也。白雾冲濛，云暖碟而下沥，亭阁隐于虹霓，以远见乎大殿。孙子整肃，乃秉扇以为朝笏，驱以进，陛下无有阻者。假酒以登陛，扶君王于坐，王亦把其袂，相与若旧识。因列宴席，进孙子以象箅，食同器，陈歌舞之盛，不可胜道，绝无烟气。

王以中国才子，愿为《海棠赋》。顷之以就，庭露未晞。

"贞观十八年，予谪之二年矣。昔战艺方中，以少宴于长安，群芳一夜观尽，恨未解往日之戚也。既放形骸，误入于海棠之国。言集美于初夏，而玄月始盛者，信知灵修之所居焉。覆雪为肌，珊玉成骨，以今日之遇，喜其不媚，为作赋曰：

"娉婷之子，顾盼不群。晏若被霜之立，以无心于形；步若惊鸿之游，而无定于归。穿山为求，或掩面似不闻；既戚而退，或追及而旁顾。冰魄在天，不敢以窥其庭，乌鹊于飞，不敢以止其肩。

深居荒山，幽处芜地。独为治澧乎林下，相与携饮于云端。告以我心，报以耳语。乱我心者，不唯断肠。虽著风雨，不无少霁。忧亦何如，不若归去。欲去而休矣！

花品万殊，是花特异。古之美者多矣，以不见故不名。以谢后人，斯自妍者人不能蛊之，自爱者人不能下之，不予知其何伤焉！为恨无香，奉馨于醴矣。是海棠之爱，亦予之自爱也。"

王览之大悦，传谕国人，令通习之。欲邀孙子以游，倏忽不见。知其长啸而反焉。

浅说朱子"存天理·灭人欲"

李贽反对南宋朱熹"存天理，灭人欲"，强调人的正当私欲，以我看来，李的理解似乎有误。

朱子认为"理之源在于天理，天理即'三纲五常'"。"三纲"封建可鄙，然颇为适应封建父权社会，"五常"仁义礼智信于今亦颇有可取，为中华民族传统美德，二者于当时悉为统治工具。"人欲、私欲"也并非李之所言"吃喝睡"等百姓"日常正当需求"，所谓"百姓无恒产，因无恒心"，要实现长久稳定统治不可能强求全国人过苦行僧的生活。须知，理学的根本要求也是满足统治与社会需求，而非想入非非的"修行"之策，二欲所指，即"天理"——"三纲五常"所不容许的，会触犯刑、法的，进一步讲即侵犯他人合法权益以满足个人私欲的不正当"人欲"及其所指引下的危害社会的行为。灭除"人欲",以提倡"公、正",依照"天理"礼法有序而行,即朱子治国之道。综上,李贽的"离经叛道"中对朱子思想的批判是失之偏颇的。

戏评郢都

公元前278年五月初五,秦军攻破郢都,时屈原流放汨罗江畔,闻之沉水。

屈子气节千古为人赞颂,然而似乎自戮过早。

古时交兵有常礼,两军对垒,隳城不陷人国。因生产力低下,城市化水平低,以及传统文化影响,国都、君、宗庙长为有国之征,君主集权,加之古人地域观念重,安土重迁,袭破国都、擒其君、隳宗庙乃被看成亡国,否则一城被克,全国未下,基本无关痛痒。秦灭六国末期,秦将李信率赋二十万败于楚,因遣王翦,倾国复以六十万破之,乃有楚。白起一夜坑杀赵众四十万,亦以人心不附故。

况"先秦二十七辩"中，有一条"郢有天下"，即言楚国每次迁都，新都仍名郢，旧城另命以名。秦破郢都，楚嗣未绝，楚人犹在，楚地何处不郢都。屈子投江，莫不欲警醒于国人，以垂训于后世耶。

文蜕赋

上古有虫其类蠕者，土人呼之为惑。周三千五百丈，长一万五千三百丈。口之开盍，吞吐东岳。腹多足，望若接天之柱，而拟其体甚微。或跋岳，则头触于天，而尾顿乎地。所过为川为谷，天暴雨泽，以润其足。历三世而舍足，以蛇行，体益大，高一万五千三百丈，处天地如入隙中，自呼为虑。如是者三世，弃其形，吹息以作，遨游宇内，不复阻隔，是以天帝命之曰得。

始文于作，绝类惑属。初得旨趣，意患不高，涉患不广，斯充其形，以为宏篇，所言开盍，吞天沃日，凡有所知，即行套用，泛引其足，以支形体，然其缘甚微，时不足以为据，但逢小惑，翻转不得，是为其弊。惟所思之奇，气象之新，颇可有取。

文于有感，绝类虑属。所作既多，自呼为虑，以为驾聿有则，不复率作，以脱惑形，入于智境，不缘其足，务乎本务，不夸而达，曲尽其妙。以察其实，则其大也非常，求为周转而不能，焉能得其妙，惟不自知耳，而求人之知，亦其顿矣。

还文于质，绝类得属。取大块之文理，而不徒务于形，辞不求华，而归于朴，状若无知者，而令事之者有得。惟既知之匮，时不足充其旨。

是其虫也，再蜕而不能达，不幸也。幸者，不以形害义，不以义害志，所爱者美，求之不懈，故所得亦有无尽矣，其乌能知夫得者其穷耶，愿三世以试待其变。

川大，我的地灵之缘

予闻"徒既择师，师亦择徒"，贵校于择，亦有其人。曩者三年而不见，是非无能，毛公之未处乎囊中也。窃闻"备药以攻病"，今予不以己之猥鄙，特慕有效。是贵校胡为乎择我焉？

刘子檀，齐鲁琅琊学子。父访木之美者，是得紫檀，因举以命之。良木秉性，人如其名。善棋乐，幼能属文。黄口之末，有作是发；束发期年，长篇初竟。檀，亦布施之意也，年六岁，为志愿者，常与公益行，及长，非所敢言乐施，亦有尽其心也已矣。

文予始作，灵泉斯开，及于今日，每尝夙夜兴感，愿为大书以惊世。言洎高中，未尝少捐其志。今成书十数部，计三百万字，虽有限于文字，亦大成之基也。

是今海内升平，正中华复兴，文化自信，欲立今世，莫如师古，师古莫如育人。其夫前人储人为药，备以攻时弊，涓人买骨，为有自来，燕

国
学
共
成
长

昭礼士，为有自至。今天下之能士也多矣，人虽有欲，不能穿巷而招之，故予虽不敏，愿有所用，以励天下人之心也。

蜀地，"既来而安，不复结游"。而山围水合，北结陇右，东缘三秦，八方冲要，文脉攸集。昔予神游巴蜀，再之泸州，探幽黄荆林，有悟地灵意，行吟赋诗，不假思索，尝日诗三十首，不觉投笔，浑然篇目已成，一和四韵，内中清乐，溢于言表。案以为有缘，心有攸慕，以望旦暮而能至焉。予观夫大木之立，根下汲于黄泉，是予文章之爱，当生斯"合老"之地矣。

大学，学子之所共慕。既爱巴蜀，因及贵校。以地有灵，月照之初，需少人杰？鲁，礼乐之邦也。武侯发于鲁国，之蜀地而兴。以子云之才，而太白啸越蜀道，抚膺长嗟，斯天人之盍也。是欲有效，非学不就。学，斯有望于贵校焉。非敢秉竿累以干巨鲲，唯恐国失一臂，苟予名让孙山，于世亦宜有悔。信知"海纳百川，有容乃大"，贵校于遇，亦将有见于斯文。

求知若渴

刘子檀 2018.3

他语·寄语

刘子檀获评"文心雕龙杯"第十届全国校园文学艺术大赛"全国十佳校园小作家"荣誉称号，大赛评委会专家顾问白烨、高洪波、曹文轩等颁奖词：

思维的突破，带来无尽的思考，而说不出的心声，便化为文字。快乐写作，奇思妙想，刘子檀的文字来自对社会、对人生深沉的思考。他喜欢采用传说和神话的形式来创作童话，具有丰富的想象力，善于寻找独特的视角，在巧妙的构思中，表达自己的思想，抒写自己的感情，给读者带来惊奇的发现，带给人的是反思，是回味，是醒悟，是提升，展示了少年成长的心灵历程与追寻的美好向往。

冰心儿童文学奖获得者鲁冰寄语"紫檀童话"

精彩的故事！奇特的想象！刘子檀——写童话的奇才！子檀天赋极佳，想象独特，构思博大精妙！看完了子檀的童话，感觉非常惊讶，惊喜！这些童话不是小草在萌芽——它们将会长成参天大树！小小年纪，显示出了写作巨著的迹象，改编成精彩"大片"会走得更远。对文字的敏感是天生的，子檀有如此的慧根，假以雨露阳光，将会成为一棵奇伟的檀木！

杭州动漫工作室导演贾春霞点赞"紫檀童话"：

看了你的作品感觉很是惊喜和惊讶！一个小学生，已经写了这么多作品，对写作对人生也有着如此细腻的观察触角，很佩服。故事的创意、叙事的铺垫都很巧妙。作为一个动画师，我也能感受到你文字中传递出精彩的画面感。你的作品很有做动画片的潜质，如果日后能有机会登上屏幕，相信也会是非常精彩的！期待你有更好的作品问世，也期望有一天你的作品能够改编成动画片，让更多的小朋友看到，被你的故事打动！

齐鲁晚报胡忠华副总编辑推荐批注连载：

子檀9岁长篇童话《棋界天平》，这部小说质量较高，构思奇妙，结构完整，情节有趣，充满了奇特的想象力。可读、耐读是一张报纸连载一部作品的重要依据，而该作品具备了这个优点。兴趣和爱好是最好的老师，之于一个孩子，能有这种追求，这种文笔和天赋，难能可贵。

沂蒙晚报文体部主编路波和编辑组评审意见：

从人物塑造和故事情节上看，很难想象《棋界天平》出自一个9岁孩子之手。小说故事情节引人入胜，人物众多，形象丰满，想象力非同一般。在这个年龄，写出如此作品，没有爱好和积累，没有较强的文字功底和发散性思维，没有毅力和信念，是不可能实现的。该作品连载的4个多月，以及随后的一段时间里，引起了众多读者，特别是孩子和家长们的兴趣和惊奇，一部作品能引起读者思考、共鸣，是对作品最好的奖赏。

临沂日报社副总编辑宋保存点评紫檀作品：

九岁的孩子能够在一个暑假里写出14万字的

《棋界天平》，真让人惊叹！子檀在学围棋中获得灵感，进行了奇特巧妙的构思，整部童话想象丰富，思路清晰，结构严谨，情节精彩，文字生动，显示了很强的驾驭语言的能力和很高的文学天赋。相信子檀能把文言文的典雅与现代文的平易结合起来，写出更多雅俗共赏的好文章。

齐鲁名校长、临沂第四中学校长庄汉进寄语：

2015级刘子檀同学，繁忙的学业之外，他的时间都交给了读书与写作，文学与国学！

一是对写作的热爱和痴迷。二是拥有敏锐的观察和丰富的想象力。三是超强的文字驾驭能力。四是宽广的济世情怀。作家或许不再稀缺，但不是人人都可以把文字驾驭的如此之好。希望子檀同学，保持这份热爱和热情，在自己喜欢的道路上走下去。

文化学者、泸州市诗词学会靳朝济会长寄语：

八年级刘子檀小小年纪写出如此诗作实在难得。虽然按照平仄韵律来讲，子檀童诗算不上严格意义上的古体诗，但其诗的山、水、林、泉等意象形象感很强，诗句间的启承转合内部逻辑清晰，诗意清新。子檀的很多诗作只要经过稍加调整，就能成为符合格律的五言七言绝句。如果子檀能经过内行的指导和训练、准确掌握用韵规律，诗歌创作将更上一层楼。

资深媒体人杨海青点赞紫檀作品：

每次看到子檀写的文章都有惊诧感！你无法想象，一个 17 岁的孩子，没有多少生活的阅历，怎么会有如此深邃的思想，老辣的文笔？文笔太好了！思想也深刻，看透了故事想表达的东西，对人物的分析有见地，很到位。这孩子让人惊奇！无法想象他的精神世界多么丰富，藏有多少诗书。他的古文写作不仅是形式上的运用，而是深得精髓，文笔通畅，语言凝练意深。读来有大家名家之作的感觉。

诗人、特级教师刘行读紫檀诗作感赋：

孺子诚可教，愿为忘年交。

下笔远俗韵，持身尚雅操。

谁为奇葩手，我待翘楚苗。

他语

时时勤砥砺，德艺逐日高。

时人为旧体诗者，常以文白夹杂，成儿歌、顺口溜貌，或颇类打油诗……凡此种种，皆与所谓旧体诗远甚。小学生子檀作旧体诗，不因循而能避之，乃其可嘉处，其构思立意皆积极向上，观其诗句用语，不乏可圈可点者，诸多诗句皆出语大气，意象不俗。若宏其雅致，持久践习，必有所成而动人耳目也。

语文组老师批阅"紫檀童话"评语：

"紫檀童话"满满的正能量，催人向上向善向前。人人心中有，人人笔下无。子檀站在小朋友的角度看世界、看棋界，胸怀太空宇宙，关怀天地人间，把你发现的真善美写出来，主题鲜明突出，构思巧妙博大，人物和场景众多，个个生动形象，繁而不乱，内容更是丰富多彩、曲折离奇魔幻，表达的方式也不失天真和自然！真可谓"妙手生花"！